인플루언서

INFLUENCER

인플루언서

권병민 장편소설

> "빛나는 걸 쫓기보단 빛나는 쪽이 되는 게
> 훨씬 폼 잡기 편해"
>
> Stray Kids 〈특〉 중에서

바른북스

일러두기
1. 이 소설에 등장하는 모든 이름, 상호, 지역명 등은 실제와 무관한 가상의 내용입니다. 혹시라도 실제와 유사한 이름이나 상호, 지역명이 나오더라도 이는 전혀 의도된 것이 아니며 우연임을 알려드립니다.
2. 외래어는 국립국어원 외래어 표기법을 따르되 일부 관용적 표기를 절충했습니다.

1

김주현은 알람 소리에 눈을 떴다. 부드러운 햇살이 창문을 통해 방 안으로 들어와 그의 얼굴을 비췄다. 어제 종일 챌린지 영상을 찍어서 그런지 온몸이 쑤셨지만, 더 이상 미적거릴 수 없었다. 오늘은 크리에이티브하이브(Creative Hive) 신입사원으로 첫 출근하는 날이었다.

주현은 침대에서 일어나 스트레칭을 시작했다. 중학교 시절부터 이어온 이 루틴은 몸의 긴장을 풀어주었다. 10여 분의 스트레칭 후, 주현은 커피를 내리러 주방으로 향했다. 원두를 갈아 내린 커피를 한 모금 마시며 부드러운 산미를 즐겼다. "역시, 이 맛이야." 주현은 만족스러운 표정으로 중얼거렸다.

주현은 냉장고에서 신선한 재료를 꺼내 샌드위치를 만들기 시작했다. 통밀빵에 아보카도, 신선한 양상추, 잘 익은 토마토와 터키 햄, 버팔로 생모차렐라 치즈를 층층이 쌓았다. 홀그레인 머스터드와 마요네즈로 풍미를 더하고, 마지막엔 루꼴라를 넣어 쌉싸름한 맛을 더했다. 그는 샌드위치를 정성스럽게 준비한 뒤, 예쁘게 플레이팅을 했다. 아침 식사를 사진으로 찍은 뒤 인스타그램에 올렸다.

그는 옷장을 열어 출근할 복장을 고르기 시작했다. 깔끔한 셔츠와 바지를 꺼내 입은 후, 거울 앞에 서서 옷차림을 점검했다. 스타일이 완벽하다고 느낀 그는, 아이폰을 꺼내 틱톡을 찍기 시작했다. 옷을 입기 전과 후의 모습을 촬영하며, 멋지게 변신한 모습을 연출했다. "첫 출근! #신입사원 #화이팅 #OOTD"라는 해시태그와 함께 영상을 업로드했다. 영상이 올라가자마자 하트와 댓글이 달리기 시작했다. "첫 출근하는 거야? 화이팅!"이라는 댓글에 그의 출근 발걸음은 더욱 가벼워졌다.

2

김주현은 크리에이티브하이브 본사 앞에 서서 눈을 반짝였다. 높고 웅장한 유리 건물이 아침 햇살을 받아 눈부시게 빛났다. 주현은 흥분을 감추지 못하고 가볍게 주먹을 쥐었다. '드디어 시작이네! 오늘부터 이곳의 신입사원, 김주현!'

그는 한 발짝 앞으로 나아가며 건물 안으로 들어섰다. 로비는 활기찬 사람들로 북적였고, 주현은 그런 분위기에 에너지가 솟구쳤다. "안녕하세요! 좋은 아침이에요!" 주현은 로비에 있는 사람들에게 활기차게 인사를 건넸다. 몇몇 사람들이 놀란 듯 돌아봤지만, 곧 미소를 지으며 그를 반겼다.

그때 인사팀 팀원인 유진이 다가왔다. "김주현 씨 맞으시죠? 반갑습니다. 인사팀의 유진이에요. 먼저 저와 함께 오피스를 둘러보시죠."

주현은 환하게 웃으며 대답했다. "네, 유진 씨! 잘 부탁드립니다."

유진은 주현을 안내하며 크리에이티브하이브 내부를 설명해 주었다. "여기가 저희 회사의 메인 로비고, 이쪽으로 가면 카페테리아가 있습니다. 그리고 저쪽 끝에는 휴게실이 있어요."

주현은 고개를 끄덕이며 말했다. "와, 정말 멋지네요! 여기서 일하게 되어 정말 기쁩니다."

유진은 주현을 콘텐츠마케팅팀으로 데려갔다. 문을 열자, 주현은 익숙한 얼굴들을 보며 밝게 웃었다. "안녕하세요, 여러분!"

최지영 팀장이 미소 지으며 다가왔다. "주현 씨! 다시 만나게 되어 정말 반가워요."

이지안 대리도 기쁜 표정으로 인사했다. "정말 오랜만이에요, 주현 씨! 잘 지냈죠?"

그때 박소희 디자이너가 주현을 보고 깜짝 놀라며 다가왔다. "어? 혹시… 주현 씨 맞죠? 틱톡에서 팔로우하고 있어요! 이렇게 직접 보게 되다니… 정말 놀랍네요!"

주현은 박소희의 반응에 약간 놀라며 미소를 지었다. "아, 정말요? 감사합니다! 이렇게 만나게 되어 저도 반갑습니다."

박소희는 주현을 반갑게 맞이하며 팀원들에게 주현의 인스타그램과 틱톡 활동에 대해 소개했다. "여러분, 주현 씨 틱톡 정말 재미있어요! 아이돌이나 다름없어요."

팀원들도 주현에 대해 궁금해하며 틱톡과 인스타그램의 활동에 대해 질문을 했다.

이지안 대리가 살짝 웃으며 말했다. "주현 씨, 이렇게 다시 만나게 된 게 벌써 거의 이 년만이네요. 재작년 여름 이후로 처음이죠?"

주현은 고개를 끄덕이며 말했다. "맞아요. 그때 정말 즐거웠는데 이렇게 다시 만나게 되어 너무 좋아요!"

팀원들은 주현을 반갑게 맞이하며, 그를 둘러싸고 환영의 인사를 건넸다.

최지영 팀장이 회의를 시작하자고 말했다. "모두 자리에 앉아 주세요. 주현 씨, 오늘 첫날이라 긴장되겠지만, 회의에 참석해 주세요."

주현은 긴장과 설렘을 안고 자리에 앉았다. 첫 출근의 설렘과 새로운 도전에 대한 기대가 가득한 순간이었다.

3

김주현은 팀원들과 인사를 마치고 자신의 자리로 안내받았다. 그는 자리에 앉아 주변을 살펴보며 사무실 분위기를 느꼈다. 책상 위에는 팀에서 사용되는 다양한 서류와 자료들이 놓여 있었다.

잠시 후, 최지영 팀장이 회의실로 들어오라는 지시를 내렸다. "자, 모두 회의실로 모이세요. 오늘의 첫 회의를 시작합시다."

주현은 팀원들과 함께 회의실로 향했다. 회의실은 밝고 넓었으며, 큰 테이블과 여러 개의 의자가 배치되어 있었다. 주현은 자리를 잡고 앉았다. 최지영 팀장이 회의 주제를 설명하기 시작했다.

"오늘 회의에서는 이번 분기의 주요 프로젝트와 목표에 대해 논의하겠습니다. 주현 씨도 첫 업무니까, 이번 프로젝트에 대해 설명드릴게요."

최지영 팀장은 프로젝트 계획서를 화면에 띄우며 설명을 이어갔다. "이번 분기에는 새로운 AI 광고 솔루션 출시와 함께 여러 인플루언서와의 협업을 진행할 예정입니다. 주현 씨는 인플루언서 마케팅 영역에서 중요한 역할을 맡게 될 거예요."

주현은 집중하며 설명을 들었다. "네, 열심히 하겠습니다!" 그는 활기차게 대답했다.

이지안 대리가 추가로 설명을 덧붙였다. "특히 주현 씨의 인플루언서 네트워크가 큰 도움이 될 거예요. 앞으로 많은 협업이 기대됩니다."

박소희 디자이너가 웃으며 말했다. "아, 맞다! 제가 출근하는 길에 주현 씨의 틱톡을 봤어요. 첫 출근한다고 올린 영상이 벌써 하트와 댓글이 엄청나게 달렸더라고요. 항상 주현 씨의 영상을 잘 보고 있어요."

이지안 대리가 기대하는 표정으로 말했다. "신입사원이 유명한 인플루언서라니, 너무 든든해요. 앞으로 많은 도움이 될 것 같아요."

박소희 디자이너도 미소 지으며 말했다. "디자인 작업이 필요하면 언제든지 말해주세요. 함께 멋진 프로젝트를 만들어 봐요."

그때 최지영 팀장이 덧붙였다. "참, 주현 씨가 재작년 여름에 우리 팀에서 인턴으로 일했던 경험이 있다는 걸 기억하는 사람도 있을 거예요. 그때도 짧은 시간이었는데 훌륭한 성과를 냈었죠."

이지안이 고개를 끄덕이며 말했다. "맞아요. 주현 씨, 그때도 멋진 일을 많이 했었잖아요. 다시 함께 일하게 되어 정말 기뻐요."

주현은 미소를 지으며 대답했다. "그때 경험이 많은 도움이 되었습니다. 이번에도 최선을 다하겠습니다."

팀원들의 응원과 기대에 감사하며, 주현은 앞으로의 업무에 대한 의욕을 다졌다. 그는 첫 업무 회의에서 팀의 목표와 자신의 역할을 명확히 이해하고, 팀원들과의 협업을 통해 성공적인 결과를 만들어 낼 것을 다짐했다.

4

최지영 팀장이 먼저 제안했다. "주현 씨, 첫 번째 프로젝트로 인플루언서 마케팅 캠페인을 준비해 볼래요?"

주현은 자신감 있게 고개를 끄덕였다. "네, 알겠습니다. 어떤 캠페인을 생각하고 계신가요?"

최지영 팀장은 말했다. "이번에 새롭게 출시하는 비건 화장품을 알리기 위해 인플루언서들과 협업하는 캠페인을 진행하려고 해요. 이번 광고주는 요즘 한국에서 엄청 핫한 브랜드인 'Green Glow'예요. 20대의 여성 대표가 론칭한 브랜드인데, 최근에 연 팝업 스토어에서도 인기가 엄청 많았어요."

이지안 대리가 추가로 설명을 덧붙였다. "이번 신제품의 특징은, 윤리적으로 어긋나는 동물 실험을 하지 않고, 식물성 원료와 재생 플라스틱을 활용한 패키지, 모공보다 큰 입자로 만들어져 피부에 흡수되지 않아 피부와 눈에 자극이 적다는 점입니다."

김주현이 메모하며 말했다. "정말 혁신적이네요. 그린 글로우는 비건 뷰티와 환경 보호에 대한 철학을 잘 반영한 제품인 것 같아요. 다들 아시는 것처럼, 인플루언서 마케팅에서는 이런 스토리텔링이 중요한데 말이에요. 각 인플루언서의 스타일에 맞춘 제품 특징을 제공하고, 팬들과 소통할 수 있는 이벤트를 기획하면 효과적일 거예요."

이지안 대리가 고개를 끄덕이며 말했다. "자료나 도움이 필요하면 언제든지 말해요. 제가 광고주와 커뮤니케이션을 맡아서 진행할게요."

박소희 디자이너가 말했다. "캠페인 디자인과 관련된 부분은 제가 도울게요. 요즘 화장품 트렌드를 보면, 외국인들이 한국 스타일을 많이 따라 하고 있어요. 특히 홍대나 성수동에 가면 외국인들도 한국인처럼 가볍고 투명한 화장을 하고 있더라고요."

김주현이 호응하며 말했다. "그러고 보니, 제 외국 친구들과 팬들도 예전보다 화장이 많이 바뀌었더라고요. 한국 화장법을 따라 하는 경우가 많아요. 우리 캠페인에서도 이러한 트렌드를 반영해서, 한국의 투명하고 자연스러운 메이크업을 강조하면 좋겠어요."

주현은 문득 생각난 듯 말했다. "이번 캠페인을 뷰티 크리에이터 K-BeautyStar에게 우선 제안해 봐도 될까요? 제가 잘 아는 동생이기도 하거든요."

이지안 대리가 놀란 표정으로 물었다. "그 크리에이터 한국 최고 아니에요?"

김주현은 미소 지으며 대답했다. "네, 맞아요. 다른 모임에서 알게 되었는데, 지금은 꽤 잘 지내는 사이라서요."

주현은 문득 생각난 듯 물었다. "혹시 이번 신상품, 할랄 인증받았나요?"

박소희가 궁금한 표정으로 물었다. "할랄 인증이 뭐죠?"

최지영 팀장이 설명했다. "할랄 인증은 이슬람교에서 허용된 재료와 제조 과정을 거친 제품에 부여되는 인증이에요. 특히 인도네시아와 말레이시아는 할랄 인증을 받은 화장품이 진출하기 쉽죠. Green Glow 대표님이 이슬람권 진출을 위해 할랄 인증도 염두에 두고 비건 뷰티를 콘셉트로 준비했답니다."

김주현은 설명에 만족하며 미소 지었다. "아, 알겠습니다. 그럼 이 제품을 K-BeautyStar에게 먼저 제안해 보겠습니다."

최지영 팀장이 고개를 끄덕이며 말했다. "좋아요, 주현 씨. K-BeautyStar는 영향력이 크니, 이번 캠페인에 큰 도움이 될 거예요. 준비 잘해봅시다."

주현은 팀원들과 함께 열심히 준비하며, 첫 번째 프로젝트를 성공적으로 이끌어 갈 자신감을 얻었다.

5

김주현은 팀원들과 회의를 마친 뒤, 자신의 자리로 돌아갔다. 그는 인플루언서 마케팅 캠페인을 본격적으로 시작하기 위해 뷰티 크리에이터 K-BeautyStar에게 카카오톡 메시지를 보냈다.

주현: "안녕, K-스타! 이번에 Green Glow라는 브랜드의 비건 화장품 마케팅 캠페인을 진행하게 되었어. 신제품에 대해 상의하고 가능한 일정을 조율하고 싶어."

K-BeautyStar: "오빠! 출근한다더니 벌써부터 일하는구나! Green Glow라면 정말 흥미로운 브랜드네. 언제쯤 이야기할 수 있을까?"

주현: "고마워! 오늘 오후나 내일 오전 중 편한 시간에 이야기 나누면 좋겠어."

K-BeautyStar: "그럼 오늘 오후 3시에 통화할까?"

주현: "좋아, 그때 보자!"

오후 3시, 주현은 K-BeautyStar와 통화하며 브랜드와 제품, 광고 내용을 상의하고 가능한 일정을 조율했다. K-BeautyStar는 주현의 아이디어에 깊은 인상을 받으며 긍정적으로 반응했다.

주현은 통화 후 메모를 정리하며 생각했다. 'K-스타가 긍정적으로 생각해서 다행이야. 이제 동남아시아 크리에이터가 문젠데. 인도네시아 크리에이터가 좋겠지?' 그는 마음속으로 뿌듯함을 느끼며 곧바로 K-BeautyStar에게 다시 카톡을 보냈다.

주현: "K-스타, 이번 캠페인에 어울릴 인도네시아 크리에이터로 누가 좋을까?"

K-BeautyStar: "인도네시아 크리에이터라면 GlamourNesia가 엄청 관심 있을 것 같아. 내가 GlamourNesia에게 물어봐 줄까?"

주현: "고마워, K-스타. 하지만 공식적인 일이니 내가 직접 GlamourNesia에게 연락해 볼게."

K-BeautyStar: "알았어, 오빠가 알아서 할 줄 알았지. 잘 안 되면 말해줘!"

주현: "그래, 고마워!"

주현은 인스타그램을 열고 GlamourNesia에게 DM을 보내기로 결심했다. 최근에 본 그녀의 포스팅이 떠오르며, 그녀가 이번 캠페인에 딱 맞을 것 같다는 확신이 들었다. 그는 잠시 긴장되었지만, 용기를 내어 메시지를 보냈다.

주현: "Hi, GlamourNesia! This is Juhyun from Korea. I'm working on a campaign for Green Glow and thought you'd be a perfect fit. Can we talk more about this?" (안녕하세요, GlamourNesia! 저는 한국에서 주현이라고 합니다. Green Glow 캠페인을 준비 중인데, 당신에게 딱 맞을 것 같아서요. 더 이야기할 수 있을까요?)

주현은 답장을 기다리며 화면을 응시했다. 그녀의 답장이 오면 이 캠페인은 더욱 탄력을 받을 것이다. 그의 마음은 기대와 긴장감으로 가득 차 있었다.

6

몇 시간 후, GlamourNesia로부터 답장이 왔다.

GlamourNesia: "Hi, Juhyun! It's surprising to hear from you. Are you working for a company now?" (안녕하세요, 주현 씨! 당신에게서 연락이 오다니 놀랍네요. 지금 회사에서 일하고 계신가요?)

주현: "Yes, I recently joined a company and we're working on a campaign for Green Glow, a vegan cosmetics brand." (네, 최근에 회사에 입사해서 Green Glow라는 비건 화장품 브랜드 캠페인을 준비하고 있습니다.)

GlamourNesia: "That's amazing! I'd love to hear more about it." (멋지네요! 이야기 더 듣고 싶어요.)

주현: "Sure, let's switch to a WhatsApp call for more details." (좋아요, 더 자세한 내용은 WhatsApp 통화로 이야기하죠.)

주현은 곧바로 WhatsApp 영상 통화를 통해 그린 글로우의 비건 화장품 마케팅 캠페인에 대해 설명했다. 그는 약간의 긴장감과 함께, 이번 캠페인의 성공을 위해 모든 것을 쏟아부을 준비가 되어 있었다.

주현: "Hi, GlamourNesia! Thank you for taking the time to speak with me. I'm excited to discuss the Green Glow campaign with you. And today, since this is a work discussion, feel free to be honest and open with your opinions." (안녕하세요, GlamourNesia! 시간 내주셔서 감사합니다. Green Glow 캠페인에 대해 이야기 나누게 되어 기뻐요. 그리고 오늘은 업무적인 대화니까 솔직하고 편하게 의견 말씀해 주세요.)

GlamourNesia: "Hi, Juhyun! I'm very interested in this campaign. Can you tell me more about the product and the campaign goals? And, just call me Glam." (안녕하세요, 주현 씨! 이 캠페인에 정말 관심이 많아요. 제품과 캠페인 목표에 대해 더 자세히 알려줄 수 있나요? 그리고, 편하게 Glam이라고 불러주세요.)

주현: "Absolutely, Glam. Green Glow's new vegan

cosmetics line focuses on ethical beauty. The products use plant-based ingredients and sustainable packaging. Our goal is to promote this line across Asia, highlighting the benefits of vegan beauty." (물론이죠, Glam. Green Glow의 새로운 비건 화장품 라인은 윤리적 아름다움을 강조합니다. 제품은 식물성 원료와 지속 가능한 포장을 사용해요. 우리의 목표는 아시아 전역에 이 라인을 홍보하며 비건 뷰티의 이점을 강조하는 거예요.)

GlamourNesia: "That sounds fantastic. I would love to be part of this. What are the next steps?" (정말 멋지네요. 저도 이 캠페인에 참여하고 싶어요. 다음 단계는 무엇인가요?)

주현: "Great to hear! I will need to coordinate the schedules. Can you provide me with two possible dates for the campaign activities?" (그 말을 들으니 기쁘네요! 일정을 조율해야 해요. 캠페인 활동이 가능한 날짜 두 가지를 제공해 줄 수 있나요?)

GlamourNesia: "Sure, I'll send you two dates that work for me." (물론이죠. 가능한 날짜 두 가지를 보내드릴게요.)

GlamourNesia: "By the way, is this product available in Indonesia? My fans are always interested in Korean cosmetics, but they often find it hard to get them here.

They complain about slow shipping from the official Korean websites." (그런데 이 제품은 인도네시아에서도 구할 수 있나요? 제 팬들은 항상 한국 화장품에 관심이 많지만, 여기서 구하기가 어렵다고 해요. 한국 공식 웹사이트에서 주문하면 배송이 너무 늦다고 불편해하거든요.)

주현: "That's a great point. Thanks for bringing it up. I'll make sure we address these issues and ensure our products are easily accessible in Indonesia." (좋은 지적이에요. 말씀해 주셔서 감사해요. 이 문제를 해결하고 인도네시아에서 제품을 쉽게 구할 수 있도록 할게요.)

김주현은 GlamourNesia와 회의를 마무리한 후, 시계를 보았다. 오후 4시를 가리키는 시계가 눈에 들어왔다.

주현의 생각으로는 유명 크리에이터들과 협력하는 것도 좋지만, 더 많은 마이크로 인플루언서와 함께 캠페인을 진행하면 효과가 더 좋을 것 같았다. 그는 이지안 대리에게 다가갔다.

"이지안 대리님, 유명 크리에이터들과 협력하는 것도 좋지만, 마이크로 인플루언서 여러 명과도 함께 캠페인을 진행하는 게 어떨까요?" 주현은 이지안을 바라보며 조심스럽게 말했다. 그의 목소리에는 설렘과 약간의 긴장감이 섞여 있었다.

이지안은 고개를 끄덕이며 물었다. "좋은 생각이긴 한데, 예산은 충분할까요?"

주현은 잠시 생각한 후 대답했다. "현재 예산으로 충분하지 않을 수도 있을 것 같아요. 하지만 마이크로 인플루언서는 섭외 비용이 상대적으로 적게 들어요. 각 인플루언서에게 적절한 예산을 배분하면 충분히 가능할 것 같아요. 예를 들어, 대형 크리에이터 한 명에게 500만 원을 지출하는 대신, 마이크로 인플루언서 10명에게 각각 50만 원씩 지출하면 더 넓은 범위에 도달할 수 있을 거예요. 그리고 인도네시아를 비롯한 동남아시아에서도 이 제품을 손쉽게 구입할 수 있도록 준비가 필요합니다."

이지안은 고개를 끄덕이며 답했다. "좋은 생각이에요, 주현 씨. 구체적인 예산안과 인플루언서 리스트 초안을 만들어 주시면 광고주에게 전달해 모두 확인하고 설득해 볼게요."

주현은 고개를 끄덕이며 말했다. "알겠습니다. 그럼 리스트를 작성해서 오늘 저녁 6시 반까지 드리겠습니다."

이지안은 미소를 지으며 답했다. "좋아요, 주현 씨. 퇴근 전에 확인해 볼게요."

김주현은 자신의 자리로 돌아와 기획안을 작성하기 시작했다. 그는 유명 크리에이터들과 마이크로 인플루언서를 균형 있게 포함시키며, 각자의 장점을 최대한 살린 캠페인 계획을 세웠다. 주현은 메모를 정리하며 생각했다. '이제 정말 중요한 단계에 와 있군. 성공적으로 진행될 수 있도록 최선을 다해야겠어.'

7

이지안은 주현의 리스트와 예산안을 검토한 후, 퇴근 전에 최지영 팀장에게 보고했다. "팀장님, 이번 프로젝트 예산을 1억 원으로 증액한 계획입니다. 이 점을 감안하여 우선 내용을 들어주시면 감사하겠습니다."

최지영은 고개를 끄덕이며 말했다. "알겠어요. 내일 아침 회의에서 자세히 논의합시다."

다음 날 아침, 팀원들은 회의실에 모였다.

회의실에서, 주현은 본인이 짠 예산안과 인플루언서 리스트를 발표했다. "우선, 인플루언서들의 팔로워 데이터를 분석하여 가장 효과적인 타깃을 설정했습니다. 현재 두 명의 탑 인플루언서를 후보로 고려하고 있습니다. K-BeautyStar

와 GlamourNesia입니다. 이들 외에도 마이크로 인플루언서 10명을 섭외 중이며, 현재 6명은 가능하다고 확인받았습니다. BeautyGenius, StyleNQueen, EcoBeautyLover, TrendyMakeup, VeganGlow, PureCharm입니다." 주현은 약간의 긴장감과 함께 발표를 진행했다.

이지안 대리가 고개를 끄덕이며 질문을 던졌다. "예산은 어떻게 배분할 예정인가요?"

주현은 화면을 띄우며 설명했다. "제가 구성한 예산은 총 1억 원입니다. 탑 인플루언서 두 명에게 5천만 원을 배정하고, 나머지 예산은 마이크로 인플루언서 10명에게 각각 500만 원씩 배분할 예정입니다. 각 인플루언서와의 계약 조건은 숏폼 영상 3개와 1개의 사진 게시물이 포함됩니다. 또한, 각 영상과 사진은 최소 일주일 간격으로 업로드되어야 하며, 제품 사용 후기와 함께 다양한 각도에서 촬영한 장면을 포함해야 합니다." 김주현은 떨리는 목소리로 시작했지만, 점점 더 자신감이 차올랐다. 그의 손은 약간 떨렸지만, 그가 준비한 자료에 대한 확신이 그의 목소리에 배어 나왔다.

최지영 팀장은 주현의 설명을 들은 후 질문했다. "마이크로 인플루언서를 활용하는 이유는 무엇인가요? 탑 인플루언서들과의 협업만으로는 충분하지 않은가요?"

주현은 침착하게 대답했다. "마이크로 인플루언서는 탑 인플루언서보다 팔로워 수는 적지만, 팔로워와의 소통이 더 활발하고 신뢰도가 높습니다. 또한, 다양한 인플루언서를 활용하면 더 넓은 범위의 타깃층에게 도달할 수 있습니다. 특히, 각 마이크로 인플루언서의 팔로워는 특정 관심사나 취미를 공유하는 경우가 많아, 제품의 홍보 효과를 극대화할 수 있습니다."

김주현은 발표를 마친 후 최지영 팀장을 바라보며 물었다. "해외 판매 일정은 어떻게 되는지 궁금합니다. 특히 동남아시아 현지 판매에 대해 알고 싶습니다."

최지영 팀장이 대답했다. "좋은 질문이에요, 주현 씨. 특히 동남아시아 현지 판매를 위해 Shopee와 Lazada에 신제품 출시와 함께 판매하는 일정으로 준비되고 있어요."

이지안은 주현의 리스트와 예산안을 검토하며 고개를 끄덕였다. "정말 훌륭한 기획안이에요. 신입사원이 작성한 것 같지 않네요. 제가 한 것보다 더 나은 것 같아요. 팀장님, 광고주에게 이 예산과 크리에이터 리스트로 설득해 보겠습니다."

최지영은 이지안에게 말했다. "좋아요, 이지안 대리. 주현 씨와 함께 광고주 협의 잘해주세요."

김주현은 이지안에게 고개를 숙이며 말했다. "잘 부탁드립니다, 이지안 대리님."

이지안은 미소 지으며 고개를 끄덕였다. "네, 주현 씨. 잘해 봅시다."

8

이지안과 김주현은 그린 글로우 사무실로 향했다. 대표 유나현은 20대 초반의 활기찬 여성으로, 자신이 론칭한 브랜드에 대한 자부심이 가득한 인물이었다. 그녀는 짧은 금발 머리에 패셔너블한 옷차림으로 사무실에 앉아 있었다.

이지안은 가슴이 두근거리는 것을 느끼며, 손을 무릎 위에서 살짝 쥐며 긴장을 풀려고 했다. 김주현도 옆에서 차분하게 숨을 고르고 있었다. 유나현은 환하게 웃으며 그들을 맞았다. "안녕하세요, 이지안 대리님! 오늘 이렇게 찾아주셔서 감사합니다. 그리고 이 분은…?"

이지안이 주현을 소개했다. "안녕하세요, 대표님. 이쪽은 저희 팀 신입사원 김주현입니다. 오늘 함께 캠페인에 대해 설명드리러 왔습니다."

유나현은 미소 지으며 인사했다. "안녕하세요, 김주현 씨. 반갑습니다. 그럼, 마케팅 플랜에 대해 설명해 주시겠어요? 조금 전 최지영 팀장님에게서 예산 증액이 필요하단 연락은 받았습니다."

이지안은 미소를 지으며, 그러나 여전히 약간의 긴장감이 남아 있는 목소리로 캠페인 개요와 기획안을 찬찬히 설명하고, 이어서 예산 이야기로 넘어갔다. "대표님, 이번 캠페인은 그린 글로우 브랜드의 인지도는 물론 신제품을 한국과 동남아시아 전역에 널리 알릴 수 있는 기회입니다. 예산 증액은 그만한 가치를 충분히 할 것입니다. 저희의 기획안과 함께라면 큰 성공을 거둘 수 있을 거라고 확신합니다."

유나현의 눈은 이지안의 설명을 듣는 동안 호기심으로 반짝였다. 그러나 이내 손가락을 턱에 대고 생각하더니, 긍정적으로 말했다. "음, 듣고 보니 설득력이 있네요. 하지만 예산을 이렇게 크게 늘리는 건 부담이 돼요."

이지안은 조금 더 자신감을 가지며 대답했다. "대표님, 예산 증액이 부담이 될 수 있는 건 이해합니다. 하지만, 이번 기회를 통해 그린 글로우의 가치를 한 단계 끌어올릴 수 있는 중요한 투자라고 생각해 주세요. 인플루언서들의 영향력은 엄청나며, 그들의 팔로워는 우리의 잠재 고객입니다. 예를 들어, K-BeautyStar는 팔로워가 900만 명이고, GlamourNesia는 2,500만 명의 팔로워를 보유하고 있습니다. 이들의 팬들은 그린 글로우 제품에 대한 강한 관심을 보일 것입니다. 이 캠페인을 통해 브랜드 인지도를 높이고, 더 많은 고객에게 다가갈 수 있을 것입니다."

유나현은 여전히 고민스러운 표정을 지으며 물었다. "마이크로 인플루언서를 포함시키는 이유는 무엇인가요? 그들이 정말로 효과가 있을까요?"

이지안은 고개를 끄덕이며 설명했다. "네, 대표님. 마이크로 인플루언서는 탑 인플루언서보다 팔로워 수는 적지만, 팔로워와의 소통이 더 활발하고 신뢰도가 높습니다. 특히, 각 마이크로 인플루언서의 팔로워는 특정 관심사나 취미를 공유하는 경우가 많아, 제품의 홍보 효과를 극대화할 수 있습니다. 예를 들어, VeganGlow는 비건 라이프스타일을 추구하는 5만 명의 팔로워를 보유하고 있으며, PureCharm은 천연 화장품을 사랑하는 4만 명의 팔로워를 보유하고 있습니다. 이러한 마이크로 인플루언서들과 협력하면 더 다양한 타깃층에게 도달할 수 있습니다."

유나현은 여전히 고민에 빠진 표정이었다. 분위기가 점점 냉

랭해졌다. 이때 김주현이 나섰다. "대표님, 제가 한 말씀드려도 될까요?"

9

유나현은 고개를 끄덕였다. "물론이죠, 김주현 씨. 말씀해 보세요."

주현은 자신감 있는 목소리로 설명을 시작했다. "대표님, 사실 저는 크리에이터이자 인플루언서로 활동하고 있습니다. 지금까지 인플루언서로서 광고 캠페인을 여러 번 진행한 경험이 있습니다. 그 경험을 통해 마이크로 인플루언서가 얼마나 강력한 마케팅 도구가 될 수 있는지 알게 되었습니다."

유나현은 흥미로운 표정으로 주현을 바라보았다. "김주현 씨가 인플루언서로서 활동하고 있다는 말인가요?"

주현은 고개를 끄덕이며 대답했다. "네, 맞습니다. 대표님. 저도 제 채널을 통해 다양한 제품을 소개하고, 팬들과 소통하고 있습니다. 팔로워 수는 탑 인플루언서에 비해 적지만, 팔로워와의 깊은 신뢰 관계를 바탕으로 광고 효과는 오히려 더 클 수 있습니다. 실제로 제가 진행했던 캠페인들에서 저뿐만 아니라 함께 참여한 마이크로 인플루언서도 진정성 있는 리뷰가 큰 호응을 얻었고, 많은 수가 판매로 직결되었습니다."

유나현은 관심을 보이며 물었다. "그럼, 김주현 씨는 왜 인플루언서로서 활동하면서도 이렇게 열심히 회사 일을 병행하시는 건가요?"

주현은 미소 지으며 대답했다. "저는 인플루언서로서의 경험을 회사의 마케팅 전략에 접목시키고 싶었기 때문입니다. 또한, 인플루언서로서의 경험을 통해 배우는 점들이 많습니다. 팬들과의 소통, 콘텐츠 제작, 효과적인 홍보 방법 등 다양한 경험을 통해 얻은 지식은 회사의 마케팅에도 큰 도움이 될 거라고 생각합니다."

유나현은 잠시 생각에 잠기며 다시 고민하는 표정을 지었다. "김주현 씨의 설명은 매우 설득력이 있네요. 하지만, 여전히 예산 증액이 부담스럽습니다. 큰 투자를 하는 만큼 확실한 결과를 얻을 수 있을지 확신이 서지 않아서요."

주현은 진지한 표정으로 유나현을 바라보며 말했다. "대표님, 저도 그 부담감을 이해합니다. 하지만 저는 인플루언서로서, 그리고 마케터로서 이 캠페인의 성공 가능성을 확신합니다. 특히, 대표님의 이번 신제품은 비건과 할랄 인증을 받은 제품이죠. 동남아시아 시장에서는 이러한 인증이 큰 경쟁력을 가집니다. 특히 인도네시아 마이크로 인플루언서들은 그들의 팔로워에게 이러한 제품의 가치를 진정성 있게 전달할 수 있습니다."

유나현은 다시 한번 깊은 생각에 잠겼다. 김주현의 설명은 점점 더 설득력 있게 들렸다. 주현은 계속해서 말했다. "또한, 마이크로 인플루언서들은 여러 커뮤니티와 강한 유대감을 형성하고 있습니다. 비건과 할랄 인증 제품에 대한 관심이 높은 팔로워들에게, 마이크로 인플루언서들의 진정성 있는 추천은 매우 효과적일 것입니다. 저와 저희 팀은 이 캠페인을 성공시키기 위해 최선을 다할 것입니다. 믿어주시면 좋은 결과로 보답하겠습니다."

유나현은 고개를 끄덕이며 미소를 지었다. "좋아요, 김주현 씨. 말씀하신 대로 해봅시다. 예산 증액안을 승인할게요."

주현은 안도의 숨을 내쉬며 미소를 지었다. "감사합니다, 대표님. 최선을 다해 성공적인 캠페인을 만들어 내겠습니다." 이지안이 이어서 말했다. "대표님, 감사합니다. 그리고, 내일 광고 계약서 초안을 보내드릴 테니, 검토 부탁드립니다."

유나현은 고개를 끄덕이며 웃었다. "네, 기대할게요."

미팅을 마친 후, 주현과 이지안은 사무실로 복귀하며 팀 카톡방에 소식을 공유했다. 이지안이 먼저 메시지를 보냈다. "그린글로우 대표님 설득했습니다. 예산 증액안 승인되었습니다."

최지영은 칭찬하며 답장을 보냈다. "잘했어요, 이지안 대리, 주현 씨."

박소희도 환호하며 성공을 축하했다. 박소희는 팀 카톡방에 디자인 가이드를 공유하며 말했다. "캠페인 디자인 가이드입니다. 다들 확인해 보세요."

팀원들은 모두 박소희의 디자인에 대해 긍정적인 반응을 보이며 칭찬했다. "정말 멋져요, 소희 씨!"

그 순간, 김주현의 휴대폰이 진동했다. 그는 확인하더니 미소를 지었다. 주현은 팀 카톡방에 다시 메시지를 보냈다. "좋은 소식이 있습니다. 나머지 인플루언서들도 모두 섭외에 동의했습니다!"

팀원들은 모두 환호했다. 최지영이 기뻐하며 말했다. "정말 대단해요, 주현 씨! 이렇게 빠르게 모든 인플루언서를 섭외하다니요."

이지안도 미소 지으며 말했다. "정말 수고 많았어요, 주현 씨. 덕분에 이번 캠페인은 정말 성공적으로 진행될 것 같아요."

박소희가 웃으며 말했다. "이제 디자인 작업도 본격적으로 시작해야겠네요. 다들 함께 열심히 해봐요!"

팀원들은 서로를 격려하며 다짐을 공유했다. "네, 최선을 다하겠습니다!", "함께 해내요!", "화이팅!" 등의 메시지가 이어졌다.

김주현은 오랜만에 느끼는 보람과 뿌듯함에 잠시 눈을 감았다. 그리고 다시 눈을 뜨며, 앞으로의 도전에 대한 결의를 다졌다. '이 팀과 함께라면, 어떤 일이든 해낼 수 있어.'

10
—

아침 일찍 이지안은 광고 계약서를 준비해 그린 글로우 유나현 대표에게 메일을 작성했다. 유나현 대표에게 보낸 이메일은 간단했다. "안녕하세요, 유나현 대표님. 광고 계약서 초안을 첨부하여 보내드립니다. 검토 후 전자 서명 부탁드립니다. 혹시 계약 내용에 대해 추가로 설명이 필요하시면 언제든지 연락을 주세요."

유나현 대표는 곧바로 답장을 보냈다. "안녕하세요, 이지안 대리님. 계약서 확인했습니다. 몇 가지 궁금한 점이 있어요. 전화로 설명 부탁드려도 될까요?"

이지안은 즉시 유나현 대표에게 전화를 걸었다. "안녕하세요, 유나현 대표님. 궁금하신 점에 대해 말씀드리겠습니다."

유나현은 몇 가지 조항에 대해 질문했다. 이지안은 차분히 대답하며, 계약서 내용을 명확히 설명했다. 유나현은 이해한 듯 고개를 끄덕였다. "알겠습니다. 그러면 이 내용으로 계약 진행하죠."

유나현은 계약 내용을 모두 이해하고 승낙했다. "계약서에 서명하겠습니다."

계약서에 전자 서명이 완료되자, 이지안은 팀 카톡방에 소식을 공유했다. "광고 계약서 체결 완료했습니다. 이제 본격적으로 캠페인을 시작합시다!"

김주현도 인플루언서들과 계약을 체결하기 위해 바쁘게 움직였다. 그는 탑 인플루언서와 마이크로 인플루언서들에게 계약 내용을 설명하고, 각각의 조건에 맞춰 계약서를 작성했다. 모든 인플루언서들이 전자 서명으로 계약에 동의했다.

주현은 팀 카톡방에 소식을 알렸다. "모든 인플루언서와 계약 완료했습니다. 이제 숏폼 영상 제작에 들어갈 수 있습니다."

팀원들은 환호했다. 박소희는 디자인 가이드를 준비하며 말했다. "좋아요, 주현 씨. 디자인 작업도 함께 진행하죠."

김주현은 인플루언서들과의 협업을 시작했다. 각 인플루언서에게 광고 제품과 특징을 전달하고, 함께 숏폼 영상을 제작했다. 영상은 제품의 특징을 강조하면서도 인플루언서들의 개성을 살렸다. 주현은 인플루언서들과의 긴밀한 소통으로 높은 품질의 콘텐츠를 만들어 냈다.

완성된 숏폼 영상을 광고주와 주고받으며 컨펌 과정을 거쳤다. 주현은 광고주의 피드백을 반영해 최종 버전을 완성했다. 드디어, 팬들과 시청자들에게 영상을 공개할 시간이 왔다.

영상은 대박을 쳤다. 인플루언서들은 팬들로부터 수많은 댓글과 DM을 받았다. "이 제품 어디서 사나요?", "정말 좋아 보여요!", "저도 사용해 보고 싶어요!" 등의 반응이 쏟아졌다.

그린 글로우 공식 계정으로도 국내는 물론 해외에서 엄청난 문의가 몰려들었다. 유나현 대표는 만족스러운 미소를 지으며 팀에게 소식을 전했다. "모두 수고 많으셨어요. 정말 큰 성과입니다! 앞으로도 이 기세를 몰아 더 큰 성공을 이뤄봅시다."

그러나 곧 예상치 못한 문제가 발생했다. 그린 글로우의 실무 담당자가 탑 인플루언서와 마이크로 인플루언서들이 올린 광고 영상을 그린 글로우 공식 인스타그램 계정에 업로드한 것이다. 이를 알게 된 인플루언서들이 김주현에게 항의했다.

김주현의 휴대폰이 울렸다. K-BeautyStar의 메시지였다. "오빠, 내 영상이 그린 글로우 인스타그램 계정에 올라갔던데, 어떻게 된 거예요?"

주현은 깜짝 놀라며 답장을 보냈다. "미안, K-스타. 바로 확인하고 연락할게."

곧이어 GlamourNesia에게서도 DM이 왔다. "Hi Juhyun, I saw my video on Green Glow's official account. Can you explain this?" (주현 씨, 제 영상이 그린 글로우 공식 계정에 올라간 걸 봤어요. 설명해 줄 수 있나요?)

주현은 긴장하며 답장을 보냈다. "I'm sorry, Glam. I'll check and get back to you soon." (미안해요, Glam. 바로 확인해 보고 알려줄게요.)

다른 인플루언서들도 비슷한 내용으로 항의 메시지를 보냈다. 주현의 손은 떨렸고, 상황은 점점 더 긴박해졌다. 그는 상황을 해결하기 위해 유나현 대표에게 전화를 걸기로 마음먹었다.

11

주현은 상황을 파악하고 즉시 유나현 대표에게 연락을 했다. "대표님, 잠시 통화 가능하실까요?"

유나현 대표는 흔쾌히 응답했다. "네, 김주현 씨. 무슨 일이신가요?"

주현은 차분하게 상황을 설명했다. "대표님, 현재 여러 인플루언서들이 자신이 제작한 영상이 그린 글로우 공식 계정에 올라간 것에 대해 항의하고 있습니다. 이번 광고 계약 조건에 따르면, 인플루언서가 만든 콘텐츠는 인플루언서의 계정에서만 공개하기로 했습니다."

유나현 대표는 약간 놀란 듯 말했다. "지난번 계약 당시 이지안 대리와 얘기를 나눴던 거로 기억해요. 우리 계정에 올릴 수 있다고 생각했는데요?"

주현은 차분하게 대답했다. "대표님, 당시 계약 체결 과정에서 회사 계정에 영상을 올릴 수 있는 옵션을 논의했지만, 그 경우 예산이 더 필요하다는 점을 말씀드렸습니다. 당시 대표님께서는 예산을 더 이상 늘리는 건 부담스럽다고 하셔서, 최종적으로 그 옵션을 제외하고 계약을 체결했습니다."

유나현의 표정은 점점 붉어졌다. 그녀는 화를 참지 못하고 소리쳤다. "이게 무슨 소리죠? 우리가 돈을 더 쓰지 않겠다고 했다고 해서, 지금 와서 이렇게 문제가 생기게 만들면 어떻게 해요? 이건 말도 안 돼요! 우리가 계약을 위반했다는 건가요? 도대체 어떻게 된 일입니까!"

김주현은 심호흡 후 차분하게 설명을 이어갔다. "대표님, 이 문제는 아주 중요한 사항입니다. 인플루언서와의 신뢰를 지키는 것이 가장 중요합니다. 계약서에도 명확히 작성되어 있으며, 이를 어기면 앞으로의 협업에 큰 지장이 생길 수 있습니다. 더구나 첫 번째 광고가 성공적이었기에, 앞으로 남은 협업에서도 좋은 관계를 유지하는 것이 더욱 중요합니다."

유나현은 여전히 화가 난 표정으로 잠시 생각하더니, 조금 누그러진 목소리로 물었다. "그럼 어떻게 해야 하나요? 나머지 숏폼 두 번과 사진 포스팅도 회사 공식 계정에 사용할 수 없는 건가요?"

주현은 차분하게 대답했다. "네, 대표님. 현재 계약 조건상 인플루언서들이 자신들의 계정에서만 콘텐츠를 공개하도록 되어 있습니다. 하지만 대표님 의견과 같이하기 위해서는, 추가 계약을 통해 공식 계정 사용 권한을 확보하는 방안을 제안드립니다. 첫 광고가 대박을 쳤으니, 이후 광고를 더 확장하여 더욱 큰 성과를 기대할 수 있습니다."

유나현은 다시 한번 깊은 한숨을 쉬며 말했다. "정말 복잡하네요." 그녀는 잠시 생각에 잠기더니, 기대 이상의 첫 광고 성과를 떠올리며 조금 더 긍정적인 태도로 말했다. "알겠어요, 김주현 씨. 추가 계약을 진행합시다. 이번 한 번만 영상을 내리도록 하죠. 하지만 앞으로는 이런 일이 없도록 확실히 해주세요."

주현은 감사의 뜻을 전하며 말했다. "감사합니다, 대표님. 최대한 빠르게 처리하겠습니다. 앞으로는 더욱 철저히 준비하겠습니다."

이후 그린 글로우와 크리에이티브하이브는 추가 계약을 체결하여, 그린 글로우가 광고 영상을 회사 인스타그램 계정과 온라인 쇼핑몰에도 사용할 수 있게 했다. 주현은 추가 계약과 관련된 서류를 정리하고, 인플루언서들에게 내용을 상세히 설명하며 앞으로의 콘텐츠 계획을 공유했다.

K-BeautyStar와 GlamourNesia 등 인플루언서들은 주현의 프로페셔널함과 세심한 설명에 감동하며 고마움을 전했다. "오빠, 정말 고마워요. 이렇게 신경 써주니 든든해요." K-BeautyStar가 말했다. GlamourNesia도 메시지를 보냈다. "Thanks, Juhyun. Your detailed explanation and support mean a lot to me." (고마워요, 주현 씨. 상세한 설명과 지원이 큰 도움이 되었어요.)

주현은 인플루언서들의 신뢰를 얻어 더욱 확고한 협력 관계를 구축했다. 그는 팀원들과 함께 다음 단계를 계획하며, 각 인플루언서에게 맞춤형 콘텐츠 전략을 제안했다. 새로운 콘텐츠는 인플루언서들의 창의성을 최대한 발휘할 수 있도록 기획되었으며, 그린 글로우의 브랜드 가치를 더욱 강화하는 내용으로 구성되었다.

그린 글로우의 광고는 큰 성공을 거두었다. 회사 계정과 온라인 쇼핑몰에서 사용된 광고 영상은 높은 조회수와 긍정적인 반응을 더 많이 이끌어 냈다. 특히, 인도네시아를 타깃팅한 광고와 마이크로 인플루언서를 활용한 전략이 큰 효과를 보였다. 인도네시아 시장에서의 판매량이 예상을 훨씬 웃돌며 현지 소비자들로부터 뜨거운 반응을 얻었다.

유나현 대표는 만족스러운 표정으로 크리에이티브하이브 팀을 칭찬했다. "모두 정말 잘해주셨습니다. 이번 캠페인은 우리의 기대를 훨씬 뛰어넘는 성과를 거두었어요. 앞으로도 계속해서 함께 일하기를 기대합니다."

김주현은 팀원들과 축하하며 앞으로도 최선을 다할 것을 다짐했다. 그런데 그 순간, 주현의 휴대폰에 한 통의 메시지가 도착했다. 익숙하지 않은 번호에서 온 메시지였다.

12

주현은 메시지를 열어보았다.

"안녕하세요, 주현 님. 저희는 XYZ 애드입니다. 주현 님의 K-댄스 인플루언서 활동을 눈여겨보고 있습니다. 저희가 곧 출시할 신제품 화장품의 광고 모델로 모시고 싶습니다. 최근 세간의 인기를 모으고 있는 그린 글로우를 벤치마킹한 제품이며, 주현 님의 영향력을 믿습니다. 협업을 희망합니다."

주현은 메시지를 읽고 잠시 당황했다. 팀원들과 성공을 축하하던 순간에 예상치 못한 연락을 받은 것이다. 주현은 팀원들에게 이 사실을 알리기 전에, 홀로 고민에 빠졌다.

"내가 크리에이티브하이브 직원으로서 인플루언서 활동을 통해 수익을 올려도 되는 걸까? 더구나 이 광고가 우리가 진행 중인 그린 글로우의 경쟁 제품이라니, 이래도 괜찮을까?" 주현은 혼잣말하며 깊은 고민에 빠졌다.

주현은 이 문제를 어떻게 해결할지 생각에 잠겼다. 광고 계약서에는 다른 회사와의 광고 협업에 대한 명시적인 금지 조항이 없었지만, 도덕적으로나 회사 내부 규정상 문제가 될 수 있었다. 그는 이지안 대리에게 조언을 구하기로 했다. "이지안 대리님, 잠시 말씀 나눌 수 있을까요?"

이지안은 주현의 표정을 보고 심상치 않은 일이 있음을 눈치챘다. "물론이죠, 주현 씨. 무슨 일인가요?"

주현은 받은 메시지와 자신의 고민을 이지안에게 털어놓았다. "저에게 다른 광고회사에서 광고 모델 제안이 들어왔어요. 그런데 그 제품이 우리가 진행 중인 그린 글로우의 경쟁 제품이에요. 제가 직장인이면서 인플루언서로 수익 활동을 해도 되는지, 그리고 경쟁사의 광고를 맡아도 되는지 모르겠어요."

이지안은 잠시 생각하더니 진지하게 말했다. "주현 씨, 회사는 주현 씨의 인플루언서 활동을 알고 있었고, 이를 장점으로 평가해 정직원으로 채용했어요. 하지만 경쟁사의 광고를 맡는 것은 이해충돌의 소지가 큽니다. 이 문제는 최지영 팀장님과 상의해 보는 것이 좋겠어요."

주현은 고개를 끄덕였다. "네, 알겠습니다. 팀장님께 상의해 보겠습니다."

그날 오후, 주현은 최지영 팀장을 찾아갔다. "팀장님, 상담이 필요합니다." 주현은 상황을 설명하고, 자신의 고민을 털어놓았다.

최지영 팀장은 주현의 이야기를 듣고 신중히 답했다. "회사는 이미 주현 씨의 인플루언서 활동을 알고 있었고, 이를 장점으로 평가했습니다. 그러나 직장인으로서 수익 활동을 하는 것과 경쟁사의 광고를 맡는 것은 이해충돌의 가능성이 있습니다. 우리는 직원들의 인플루언서 활동이 회사와 상충되지 않도록 명확한 지침을 마련할 필요가 있습니다."

주현은 깊이 생각한 끝에 최지영 팀장의 조언을 따르기로 했다. "알겠습니다, 팀장님. 제안을 거절하고, 앞으로도 회사와의 신뢰를 지키겠습니다."

그러나 주현의 고민은 끝나지 않았다. 밤새도록 그는 다른 가능성을 생각해 봤다. '혹시 이 상황을 회사에 투명하게 알리고,

XYZ 애드와 협의할 방법은 없을까?'

 다음 날, 주현은 다시 최지영 팀장을 찾아갔다. "팀장님, 어제 말씀드린 광고 제안에 대해 다시 한번 이야기 나누고 싶습니다. 혹시 제가 XYZ 애드와 직접 협의하여, 이해충돌이 없도록 할 방법은 없을까요?"

 최지영 팀장은 잠시 생각에 잠겼다. "주현 씨, 그런 방법도 고려해 볼 수 있습니다. 다만, XYZ 애드와의 협의가 원활하게 진행되어야 합니다. 우선, XYZ 측에 주현 씨가 크리에이티브하이브 직원이라는 사실을 알게 하는 것이 중요합니다."

 주현은 고개를 끄덕였다. "알겠습니다. 그럼 제가 직접 XYZ에 연락하여 제 상황을 설명하고, 협의해 보겠습니다."

 주현은 XYZ 애드에 정중히 답장을 보냈다.

 "안녕하세요. 제안해 주셔서 감사합니다. 하지만 현재 저는 크리에이티브하이브에서 일하고 있으며, 더구나 제안 주신 내용이 저희 광고주인 그린 글로우와 경쟁 제품인 관계로 이번 제안을 수락하기 어렵습니다. 만약 저의 직장인 신분을 고려하여 다른 제품에 대한 협업을 원하신다면, 기꺼이 논의해 보고 싶습니다."

주현은 답장을 보내고 나서도 마음이 불안했다. '내가 올바르게 대응했을까?' 곧이어 XYZ 애드로부터 답장이 왔다.

13
—

XYZ 애드는 주현의 직장인 신분과 그린 글로우와의 관계를 알고 당황했다. 주현이 프리랜서 인플루언서가 아닌 크리에이티브하이브 직원이라는 사실을 몰랐기 때문이다. 하지만 솔직한 답변에 고마워하며, 그들은 주현의 상황을 이해하고, 현재 준비 중인 스톰 엔터테인먼트의 K-Pop 신곡 글로벌 캠페인을 제안해도 되겠냐고 물어보았다.

주현은 XYZ 애드의 제안에 고무되었다. 그는 XYZ 애드에 다시 답장을 보냈다. "안녕하세요. 제안해 주셔서 감사합니다. K-Pop 챌린지에 다른 인플루언서들과 함께 참여하면 더 큰 효과를 거둘 수 있을 것 같습니다. 다양한 관점에서 신곡을 홍보할 수 있을 것 같아요."

XYZ 애드는 주현의 제안에 긍정적으로 반응했다. "좋은 아이디어네요, 주현 씨. 그러면 다른 인플루언서들과의 협업에 대한 구체적인 계획을 알려주실 수 있을까요?"

주현은 이어서 답했다. "이렇게 될 경우, 크리에이티브하이브가 XYZ 애드에 제안하는 형식으로 진행하는 것이 좋겠습니다. 그렇게 하면 양 사 간의 협업이 원활하게 진행될 수 있을 것 같아요."

XYZ 애드는 이 제안에도 동의하며 말했다. "그렇다면 제안 기다리고 있겠습니다, 주현 씨."

주현은 이 내용을 최지영 팀장에게 보고했다. "팀장님, XYZ 애드로부터 스톰 엔터테인먼트의 K-Pop 신곡 론칭 챌린지 제안을 받았습니다. 그런데 제가 생각한 아이디어가 있는데요, 다른 인플루언서들과 함께 캠페인을 진행하면 더 큰 효과를 거둘 수 있을 것 같습니다. 그리고 이번 건을 크리에이티브하이브가 제안하는 형식으로 진행하는 것이 좋겠다고 생각합니다."

최지영 팀장은 주현의 이야기를 듣고 고개를 끄덕였다. "좋은 생각이에요, 주현 씨. 다양한 인플루언서가 참여하면 더 큰 시너지 효과를 얻을 수 있을 겁니다. 혹시 구체적인 아이디어가 있나요?"

주현은 미소를 지으며 대답했다. "네, 중학교 시절 프랑스에 있을 때 함께 활동한 스트리트댄스 크루가 있어요. 저희는 'Juste Debout'에서 1위를 차지한 경력이 있습니다. 제가 리더였고, 그때의 경험이 지금껏 큰 자산이 되었습니다. 그 친구들과 함께하면 더 멋진 결과를 얻을 수 있을 거예요."

최지영 팀장은 흥미로워하며 물었다. "정말 대단하네요, 주현 씨. Juste Debout는 세계적으로 유명한 스트리트댄스 대회잖아요. 그 크루와 다시 협업하는 게 가능할까요?"

주현은 자신감 있게 말했다. "네, 팀장님. 저희 크루 멤버들 중에는 지금도 활발히 활동하는 친구들이 많아요. 특히 리더인 'Leo'는 여전히 프랑스에서 유명한 댄서로 활동 중입니다. 제가 연락해서 협업을 제안하면 분명히 긍정적으로 받아들일 거예요."

최지영 팀장은 주현의 제안에 흔쾌히 동의하며 말했다. "좋아요, 주현 씨. 그럼 바로 진행해 봅시다."

주현은 최지영 팀장의 승낙에 기뻐하며, 프랑스에 있는 친구 레오에게 연락하기로 마음먹었다. 그는 휴대폰을 꺼내 오랜만에 레오에게 메시지를 보냈다.

14

"안녕, 레오! 오랜만이야. 흥미로운 제안이 있어. 시간 될 때 전화 좀 해줄래?"

잠시 후, 레오에게서 답장이 왔다. "안녕, 주현! 나도 반가워. 오늘 오후에 이야기 나눌 수 있을까? 파리 시간으로 3시, 한국 시간으로 밤 10시에 어때?"

주현은 답장을 보냈다. "좋아, 밤 10시에 기다릴게."

한국 시간으로 밤 10시, 주현의 전화가 울렸다. 레오였다.

"안녕, 레오! 잘 지냈어?"

"안녕, 주현! 잘 지냈어. 인스타그램에서 너 잘 지내는 거 봤어. 우리 드디어 같이 프로젝트 하는 거야?"

"사실 이번에 새로운 K-Pop 신곡이 나오는데 글로벌 론칭 캠페인을 준비하고 있어. 스톰 엔터테인먼트 알지? 우리 옛날 댄스팀과 함께 하면 좋을 것 같아서 연락했어. 네 생각은 어때?"

레오는 순간 주현의 제안에 망설였다. 중학교 시절, 주현의 뛰어난 댄스 실력과 리더십에 감탄하면서도, 자신의 부족함을 느끼며 자격지심을 품고 있던 기억이 떠올랐다. 그러나 그는 그것을 감추고 긍정적으로 대답했다.

"스톰 엔터테인먼트라고? 정말? 멋진데! 나 할 준비 됐어. 더 자세히 말해줄래?"

"이번 K-Pop 챌린지는 틱톡에서 진행할 예정이야. 노래를 홍보하기 위해 댄스 영상을 만들 거야. 각 팀원이 자신의 스타일을 살려서 영상을 제작하고, 이걸 틱톡과 릴스, 쇼츠에 공유할 거야. 특히, 이 챌린지는 글로벌 참여를 유도해서 신곡을 전 세계적으로 알리는 게 목표야. 우리 팀의 각 멤버가 자신만의 독특한 매력을 보여줄 수 있는 기회가 될 거야. 어떻게 생각해?"

레오는 주현의 설명을 들으며 복잡한 감정을 느꼈다. 주현이 여전히 자신의 실력을 높이 평가하고 있다는 사실이 기쁘기도 했지만, 동시에 자신이 그 기대에 부응할 수 있을지 불안했다. 그러나 그는 다시 한번 이를 숨기고 대답했다.

"완벽해! 다른 팀원들에게도 이야기할게. 나만큼 걔들도 기뻐할 거야."

주현은 기쁨을 감추지 못하며 말했다. "정말 고마워, 레오.

너랑 팀원들이 함께해 준다면 이번 프로젝트는 분명히 성공할 거야. 난 항상 네가 최고의 파트너라고 생각해 왔어."

"고마워, 주현. 너의 믿음이 큰 힘이 돼. 우리 함께 멋진 프로젝트를 만들어 보자."

전화를 끊은 주현은 기쁨에 차 있었다. 어릴 적 프랑스에서 함께 땀 흘리며 춤췄던 친구들과 다시 협업할 생각에 마음이 설레었다. 그는 이 프로젝트가 성공할 것이라는 확신을 가지며, 팀원들과 함께 캠페인을 준비하기 시작했다.

레오는 전화를 끊고 잠시 생각에 잠겼다. 그는 주현과의 협업이 기쁘기도 했지만, 과거의 열등감이 다시 고개를 들었다.

"주현은 여전히 날 믿고 있구나." 레오는 혼잣말을 했다. "하지만 내가 그의 기대에 부응할 수 있을까? 그때처럼 또 실망시키면 어쩌지?"

레오는 주현을 존경하면서도, 주현의 뛰어난 실력에 대한 질투를 느꼈다. "이번에는 내가 주현에게 인정받을 수 있도록 최선을 다해야겠다. 하지만, 혹시라도 실패하면…." 그는 마음속 깊은 곳에서 느껴지는 불안을 떨쳐내려고 애썼다.

"아니야, 이번엔 다를 거야." 레오는 스스로 다짐했다. "주현과 함께라면 분명 잘해낼 수 있을 거야. 하지만 만약 실수라도 하면… 그땐 나 자신을 용서할 수 없을지도 몰라."

레오는 자신의 감정을 숨기고, 주현과의 프로젝트를 준비하기로 마음먹었다. 그는 이번 기회를 통해 주현에게 인정받고 싶다는 강한 열망을 느꼈다. 그러나 그 열망 뒤에는 여전히 자신을 향한 의심과 불안이 자리하고 있었다.

15

주현과 레오는 신곡 챌린지를 성공적으로 준비했다. 주현은 서울에서, 레오는 파리에서 각각의 팀원들과 긴밀히 협력하며 완벽한 콘텐츠를 만들기 위해 노력했다. 캠페인 시작하는 날, 주현과 레오는 성공적인 결과를 기대하며 서로를 격려했다.

"레오, 오늘부터 본격적으로 시작이야. 정말 멋진 결과를 기대하고 있어."

레오도 미소를 지었다. "그래, 주현. 우리 팀의 노력이 빛을 발할 때가 왔어."

그러나 캠페인 도중 예상치 못한 문제가 발생했다. 주현의 휴대폰이 울렸다. XYZ 애드에서 급히 온 메시지였다. "주현 씨, 콘텐츠 일부가 누락되고, 해시태그 오류가 있습니다. 긴급히 확인 부탁드립니다. 스톰 엔터에서도 항의가 쏟아집니다."

주현은 깜짝 놀라며 메시지를 확인하고, 즉시 최지영 팀장에게 보고했다. "팀장님, 큰 문제가 발생했습니다. 콘텐츠 일부가 빠지고, 해시태그도 잘못되었습니다. 스톰 엔터가 강하게 항의하고 있습니다."

최지영 팀장은 심각한 표정으로 고개를 끄덕였다. "알겠어요, 주현 씨. 이 문제는 신속히 해결해야 합니다. 본부장님께 바로 보고하겠습니다."

최지영 팀장은 이성훈 본부장에게 상황을 보고했다. "본부장님, 스톰 엔터가 강하게 항의하고 있습니다. 콘텐츠 누락과 해시태그 오류 때문입니다."

이성훈 본부장은 상황의 심각성을 인지하고 신속하게 대응하기로 결심했다. 그는 김주현과 최지영 팀장을 불러 물었다. "해결 방안은 무엇입니까?"

주현이 답변했다. "누락된 콘텐츠를 즉시 보완하고, 잘못된 해시태그를 수정하여 재배포하겠습니다. 추가로, 새로운 콘텐츠를 제작해 캠페인의 효과를 극대화할 수 있도록 하겠습니다. 4시간 안에 모든 문제를 해결하겠습니다."

이성훈 본부장은 결의를 다지며 말했다. "좋습니다, 주현 씨. 이제 바로 스톰 엔터를 찾아가 사과하고, 문제 해결 방안을 제시합시다. 최지영 팀장님, 함께 가시죠."

김주현, 최지영 팀장, 이성훈 본부장은 XYZ 애드 이정민 대표와 함께 스톰 엔터테인먼트를 방문했다. 스톰 엔터테인먼트 대표와 주요 관계자들이 그들을 기다리고 있었다.

스톰 엔터테인먼트 김재욱 대표는 눈에 띄게 화난 표정으로 그들을 맞이했다. 그의 얼굴은 붉게 상기되어 있었고, 눈빛은 불길처럼 타올랐다. 그는 강한 목소리로 호통쳤다. "당신네 대표는 어디 갔습니까? 이따위 실수로 우리의 중요한 론칭 캠페인을, 그것도 글로벌 캠페인을 망쳐놓다니, 대체 무슨 생각을 하고 있는 겁니까!"

이성훈 본부장이 나서서 차분히 말했다. "죄송합니다. 긴급히 대처하기 위해 저희가 왔습니다. 저희 대표님께서도 상황을 알고 계시며, 저희를 통해 진심 어린 사과와 해결 방안을 전달하도록 당부하셨습니다."

김재욱 대표는 분노를 멈추지 않았다. "사과? 사과로 끝날 문제라 생각합니까? 우리 회사의 이미지에 어떤 타격을 입혔는지 알고나 있습니까? 이 실수로 인해 우리가 입은 손해는 어떻게 보상할 생각입니까?"

최지영 팀장이 나서며 말했다. "누락된 콘텐츠를 신속히 보완하고, 잘못된 해시태그를 수정하여 다시 배포하겠습니다."

주현은 실무적인 해결 방안을 제시하며 말했다. "추가적으로 더 강력한 홍보를 통해 이번 실수를 만회할 방안도 함께 마련하겠습니다."

스톰 엔터테인먼트 박성준 A&R 본부장이 나서서 질문했다. "해결 방안을 언제 적용할 수 있습니까?"

이성훈 본부장은 신속히 답했다. "바로 작업에 착수하여 가능한 한 빠른 시일 내에 모든 문제를 해결하겠습니다. 구체적인 일정은 4시간 내에 문제를 해결하고, 수정된 콘텐츠를 재배포하겠습니다."

박성준 A&R 본부장은 김재욱 대표를 설득하며 말했다. "대표님, 어서 해결하는 게 더 큰 피해를 막는 길입니다."

김재욱 대표는 잠시 고민하더니, 이성훈 본부장과 XYZ 이정민 대표를 포함한 모든 이들에게 말했다. "좋습니다. 어서 해결하십시오. 하지만 아직 내가 용서한 것은 아닙니다. 이번 실수를 완벽하게 만회하지 못하면 더 큰 책임을 물을 것입니다."

  이성훈 본부장은 감사의 뜻을 전하며 말했다. "믿어주셔서 감사합니다. 최대한 신속하게 문제를 해결하고, 더 나은 결과를 만들어 내겠습니다."

  주현과 참여한 모든 인플루언서들은 스톰 엔터테인먼트 문제를 해결하기 위해 신속하게 움직였다. 주현은 레오와의 통화에서 다시 한번 협력을 요청했다. "레오, 이번 실수는 우리가 빨리 바로잡아야 해. 함께 힘을 모아야 해."

  레오는 주현의 말을 듣고, 마음 한구석에서 불안감이 커졌다. "알겠어, 주현. 내가 바로 수정 작업에 들어갈게." 레오는 대답했지만, 그의 목소리에는 미묘한 갈등이 느껴졌다.

  주현과 대부분의 인플루언서들은 4시간 안에 콘텐츠를 보완하고, 잘못된 해시태그를 수정하여 다시 배포하는 데 성공했다. 김재욱 대표는 여전히 화가 나 있었지만, 이성훈 본부장과 이정민 대표는 그의 신뢰를 되찾기 위해 최선을 다했다.

그러나, 예상치 못한 또 다른 문제가 발생했다. 레오가 작업하는 동안 시스템이 다운되면서 중요한 데이터가 손상되었고, 복구 시간이 길어지게 된 것이다. 주현은 불안한 마음으로 레오의 재작업을 기다렸지만, 스톰 엔터테인먼트와 약속한 4시간을 훌쩍 넘긴 다음 날 오후에서야 해결할 수 있었다.

그날 저녁, 주현은 더 큰 문제에 직면하게 되었다. 스톰 엔터테인먼트는 계약 위반을 이유로 XYZ 애드 측에 손해배상을 청구하겠다는 내용증명을 보냈던 것이다. XYZ 애드는 크리에이티브하이브에게 책임을 묻겠다고 통보했다. 주현은 가슴이 철렁 내려앉았다.

16

크리에이티브하이브 사무실에서 이성훈 본부장이 최지영 팀장과 김주현을 불렀다. 그들은 회의실에 모여 스톰 엔터테인먼트가 XYZ 애드에 보낸 내용증명을 검토했다.

"본부장님, 현재 상황은 이렇습니다." 최지영이 말을 이었다. "스톰 엔터가 XYZ 애드 측에 손해배상을 청구했고, XYZ 애드도 우리에게 책임을 묻고 있습니다. 계약서에 따르면 우리의 실수로 발생한 손해는 배상해야 합니다. 이번 문제는 스톰 엔터의 글로벌 홍보에 부정적인 영향을 미쳤을 가능성이 높아 신속하고 효과적인 대응이 필요합니다."

이성훈은 담담하게 고개를 끄덕였다. "내용증명을 받았다고 해서 너무 놀라거나 겁먹을 필요는 없습니다. 내용증명은 법적 분쟁의 전 단계로, 문제를 알리고 해결 방안을 찾기 위한 과정입니다. 이는 협상을 통해 문제를 해결할 기회를 주는 것이지, 아직 소송이 제기된 것은 아닙니다." 이성훈은 서류를 내려다보며 말을 이었다. "그러나 우리가 이 문제를 신속히 해결하지 않으면 XYZ 애드가 우리에게 구상권을 청구할 가능성이 높습니다."

"구상권이란," 이성훈은 덧붙였다. "XYZ 애드가 먼저 스톰 엔터에게 배상한 후, 그 비용을 우리에게 청구하는 것을 말합니다. 즉, 우리가 이번 문제를 빨리 해결하지 않으면 추가적인 비용과 법적 문제가 발생할 수 있습니다."

김주현이 입을 열었다. "그렇다면 스톰 엔터와 XYZ 애드 측에 사과와 함께 추가 홍보나 향후 협력에서의 혜택을 제안하면 좋겠습니다."

이성훈은 고개를 끄덕이며 동의했다. "맞습니다. 예를 들어,

스톰 엔터의 다음 프로젝트를 무료로 홍보해 준다거나, XYZ 애드와의 협력에서 우선권을 제공하는 등의 혜택을 생각해 볼 수 있습니다. 또한, 손해배상 보험을 통해 일부 손해를 보전할 수 있는지도 확인해 보겠습니다."

최지영은 노트에 메모를 하며 말했다. "알겠습니다. 스톰 엔터와 XYZ 애드가 납득할 수 있는 구체적인 계획을 준비하겠습니다. 추가 홍보나 향후 프로젝트에서의 혜택 제공 외에도, 이번 사태를 계기로 더 나은 협력 관계를 구축하는 방안을 모색해 보겠습니다."

이성훈은 결의에 찬 목소리로 말했다. "맞습니다. 이번 일은 우리 문제로 인해 생긴 만큼, 신속히 해결해야 합니다. 법적 분쟁은 피하고 협상을 통해 빠르게 해결하는 것이 중요합니다. 모든 준비를 철저히 하고, 신속하게 진행합시다."

최지영과 김주현은 재빠르게 움직여 스톰 엔터테인먼트와 XYZ 애드에 협의 자리를 마련했다.

크리에이티브하이브 이성훈 본부장, 최지영 팀장, 김주현은 XYZ 애드 이정민 대표와 함께 다시 스톰 엔터테인먼트 사무실을 찾았다. 스톰 엔터테인먼트 김재욱 대표는 이미 회의실에서 그들을 기다리고 있었다. 30년 이상 엔터 업계에서 잔뼈가 굵은 그는, 다혈질적 성격과 강력한 카리스마로 유명했다. 그의 표정은 분노로 굳어 있었고, 분위기는 살벌했다.

김재욱 대표는 그들을 보자마자 날카로운 목소리로 외쳤다. "지난번에도 문제를 해결하겠다고 약속했죠. 그런데 결과가 이게 뭡니까? 두 번씩이나 우리를 기만하는 겁니까?"

이성훈 본부장은 침착하게 답했다. "대표님, 정말 죄송합니다. 이번 문제는 예상치 못한 시스템 오류로 인해 발생한 것입니다. 저희가 즉시 대처하려고 노력했지만, 시간이 부족했습니다."

김재욱 대표는 그의 말을 듣고 분노를 참지 못하며 소리쳤다. "시스템 오류? 말도 안 되는 소리입니다! 우리의 중요한 론칭 캠페인을 두 번씩이나 망쳐놓고도 변명이나 늘어놓고 있는 겁니까?"

최지영 팀장이 나서며 말했다. "대표님, 이번 일로 인해 큰 실망을 드려 정말 죄송합니다. 이번 캠페인에 다른 인플루언서와 챌린지 홍보를 추가해서 즉시 실행하고, 차후 기회를 주신다면 스톰 엔터의 캠페인에 아주 만족스러워하실 조건으로 홍보 준비하겠습니다."

그러나 김재욱 대표는 단호하게 말했다. "추가 홍보? 할인?

다 필요 없습니다. 손해배상 청구 바로 진행합니다." 그는 A&R 본부장에게 지시했다. "바로 손해배상 청구하세요."

협상 분위기는 최악으로 흐르고, 회의실은 일순간 조용해졌다. 모든 참석자들이 긴장 속에 침묵을 지키고 있었다.

17

그때, 스톰 엔터테인먼트 박성준 A&R 본부장이 중재자로 나섰다. "대표님, 잠시만 기다려 주십시오. 우리도 손해를 입었지만, 해결 방안을 찾는 것이 우선입니다. 크리에이티브하이브가 어떤 제안을 할지 들어보시는 게 어떨까요."

김주현은 조심스럽게 입을 열었다. "김재욱 대표님, 잠시 제 말씀을 들어주실 수 있겠습니까?"

김재욱 대표의 눈빛이 김주현에게로 향했다. "말해보시오."

김주현은 예의 바르면서도 진심을 담아 말했다. "대표님, 저는 K-Pop 인플루언서로서 평소 김재욱 대표님과 스톰 엔터테인먼트를 멀리서 존경해 왔습니다. 이번 캠페인에 함께 참여한 프랑스 크루와 그 외 인플루언서들 모두, 스톰 엔터의 프로모션에 참여하는 것을 큰 영광으로 여기고 있습니다. 불미스러운 일이 발생했지만, 참여한 모두가 최선을 다해 신곡을 홍보할 것을 다짐했습니다."

김재욱 대표는 여전히 화가 나 있었지만, 김주현의 진심 어린 태도에 잠시 침묵했다. 그의 눈빛이 조금 누그러지기 시작했다. "그래서, 당신네 회사가 우리에게 줄 수 있는 구체적인 보상은 무엇입니까?"

이성훈 본부장이 나섰다. "대표님, 추가 홍보와 향후 프로젝트에서의 혜택 제공 외에도, 스톰 엔터의 다음 글로벌 론칭 프로젝트를 무상으로 지원할 것입니다. 이는 이번 계약금액보다 더 큰 가치를 가질 것입니다."

김재욱 대표는 여전히 회의적인 눈빛으로 그들을 바라보았다. 박성준 본부장이 다시 중재자로 나섰다. "대표님, 이번 기회에 크리에이티브하이브와의 협력을 통해 더 나은 성과를 얻을 수 있을 것입니다. 이들이 제안한 보상과 지원을 통해 손해를 만회하고, 더 큰 성과를 기대할 수 있을 것으로 생각됩니다."

김재욱 대표는 잠시 고민한 후, 천천히 고개를 끄덕였다. "좋습니다. 마지막으로 기회를 주겠습니다. 하지만 기억하십시오,

이번 실수를 완벽하게 만회하지 못하면 더 큰 책임을 물을 것입니다."

김주현은 감사의 뜻을 전하며 말했다. "믿어주셔서 감사합니다. 최대한 신속하게 문제를 해결하고, 더 나은 결과를 만들어내겠습니다."

협상은 마침내 타결되었지만, 김주현과 팀은 여전히 긴장감을 풀 수 없었다. 이들은 이제 최대한 빠른 시간 안에 모든 문제를 해결하고, 김재욱 대표의 신뢰를 회복해야 했다.

김재욱 대표와의 긴장감 넘치는 회의를 마치고 나오는 길에, 이성훈 본부장, 최지영 팀장, 김주현은 XYZ 애드의 이정민 대표와 잠시 대화를 나누었다.

이정민 대표는 깊은 한숨을 쉬며 말했다. "김 대표님의 분노가 이해됩니다. 이번 일은 우리 모두에게 큰 타격이었죠."

이성훈 본부장이 고개를 숙이며 사과했다. "이번 사태에 대해 다시 한번 사과드립니다. 앞으로는 이런 일이 없도록 주의하겠습니다."

이정민 대표는 고개를 끄덕이며 진지하게 말했다. "중요한 건 이제부터입니다. 우리는 이번 일로 인해 큰 손실을 입었고, 앞으로 이런 일이 다시는 발생하지 않도록 해야 합니다. 이제는 무조건 약속을 지켜야 합니다."

최지영 팀장이 나서며 말했다. "네, 이정민 대표님. 저희도 최선을 다해 더 나은 결과를 만들어 내겠습니다."

주현도 고개를 끄덕이며 덧붙였다. "저희 모두 최선을 다하겠습니다."

이정민 대표는 다시 한번 주의를 당부했다. "크리에이티브하이브의 단기적인 손실이 있을 수 있지만, 이번 추가 홍보를 성공적으로 마무리하여, 3사 모두의 비즈니스 관계를 공고히 해야 합니다. 이번 기회를 놓치지 않길 바랍니다."

이성훈 본부장은 주현과 최지영의 결의를 확인하며 이정민 대표에게 작별 인사를 건넸다. "감사합니다, 이정민 대표님. 앞으로 더 좋은 협업을 기대하실 수 있게 준비하겠습니다."

이정민 대표는 고개를 끄덕이며 답했다. "저도 기대하고 있겠습니다. 수고하세요."

크리에이티브하이브 팀은 사무실로 돌아갔다. 이성훈 본부장은 김주현과 최지영 팀장에게 지시했다. "이번 신곡 챌린지의 추가 홍보를 준비하십시오. 더 이상 실수는 용납되지 않습니다."

최지영 팀장이 고개를 끄덕이며 말했다. "네, 본부장님. 바로 준비하겠습니다."

자리로 돌아가는 순간, 주현의 휴대폰이 울렸다. 그는 잠시 멈춰 서서 화면을 확인했다. 레오의 포스팅이었다. 사진 속 레오는 어젯밤 파티에서 즐기고 있는 모습이었다. 주현의 마음이 복잡해졌다.

'이럴 수가… 레오가 파티에 가 있었어?'

18

주현은 레오의 파티 사진을 본 후, 이를 보고하기 위해 다시 이성훈 본부장과 최지영 팀장을 찾았다. 긴장된 표정으로 주현은 상황을 설명했다.

"본부장님, 팀장님, 어젯밤 레오가 파티에 있었다는 사실을 알게 되었습니다. 레오가 시스템이 다운됐다고 주장하던 시간에 말입니다."

이성훈 본부장은 깊은 한숨을 내쉬며 말했다. "그 말이 사실이라면, 이 문제는 심각합니다. 주현 씨, 레오에게 연락해서 정확한 경위를 파악해 보세요."

주현은 몇 차례 레오에게 전화를 시도했다. 여러 번의 시도 끝에 레오와 연결될 수 있었다.

"레오, 지금 상황을 설명해 줘. 어젯밤 파티에 있었다는 게 사실이야?"

레오의 목소리는 떨리고 있었다. "주현, 미안해. 사실은… 친구들이 오랜만에 만나자고 해서 잠깐 나갔어. 시스템이 다운된 것도 사실이긴 했는데…."

주현은 차분하게 물었다. "그래, 레오. 하지만 그 시간에 우리가 얼마나 중요한 일을 하고 있었는지 알잖아. 그런데도 파티에 간 이유가 뭐야?"

레오는 잠시 침묵했다. 주현은 전화기 너머에서 레오의 호흡이 거칠어지는 소리를 들을 수 있었다. 결국 레오는 숨을 깊게 들이쉬고 나서, 떨리는 목소리로 말문을 열었다.

"주현, 솔직히 말할게. 너에게 말하지 못한 게 있어. 나… 사실 중학교 시절부터 너한테 열등감을 느꼈어. 너는 항상 뛰어나고, 리더였고, 모든 사람이 너를 따랐지. 반면 나는 너의 그늘에 가려져 있는 느낌이었어. 그래서 더 인정받고 싶었고… 너에게 인정받고 싶었어."

주현은 충격을 받았다. 그는 레오의 말이 믿기지 않았지만, 그간의 행동들이 이해되기 시작했다. "레오, 그랬구나. 나는 전혀 몰랐어. 우린 같은 팀이었고, 난 너를 항상 믿어왔어. 우리 친구잖아. 이런 일로 우리 관계가 깨질 필요는 없어."

레오는 울음을 터트리기 시작했다. "미안해, 주현. 정말 미안해. 나도 너와 함께 이 프로젝트를 성공시키고 싶었어. 그래서 더 잘하고 싶었고, 너에게도 자랑스러운 친구가 되고 싶었어. 하지만 그게 나를 더 불안하게 만들었어."

주현은 레오의 말을 가만히 듣고 있었다. 레오는 계속해서 말했다. "사실, 나도 이번 프로젝트가 너무 중요하다는 걸 알고 있었어. 하지만 어제는 정말 도망치고 싶다는 순간의 유혹에 넘어가서…. 내가 얼마나 어리석었는지 몰라. 이번 일로 너와 팀에게 큰 실망을 안겨서 정말 미안해."

주현은 진심으로 말했다. "레오, 실수는 누구나 할 수 있어.

중요한 건 우리가 여기서 어떻게 다시 일어서는가야. 너는 훌륭한 친구고, 우리 팀의 중요한 일원이야. 우리는 함께라면 어떤 어려움도 극복할 수 있어."

레오는 주현의 말을 듣고 나서 눈물을 닦았다. "고마워, 주현. 너의 말에 큰 힘을 얻었어. 나도 이번 일을 통해 더 강해질 거야. 이제 정말 최선을 다해서 이 프로젝트를 성공시킬게."

주현은 레오에게 말했다. "그래, 함께 힘내자. 우리가 해낼 수 있어."

주현은 이 모든 경과를 이성훈 본부장에게 보고했다. 이성훈은 경청한 후 엄숙하게 말했다. "주현 씨, 레오의 사정을 이해하긴 하지만, 공과 사는 분명히 해야 합니다. 레오에게 직접 말하겠습니다."

이성훈은 레오와의 통화를 연결했다. "레오 씨, 이번 일로 인해 회사는 금전적, 대외 이미지에 큰 손해를 입었습니다. 이번 프로모션에서 당신이 어떻게 행동하느냐에 따라, 회사의 판단이 달라질 것입니다. 모든 것을 걸고 최선을 다해주시길 바랍니다."

레오는 눈물을 삼키며 대답했다. "네, 본부장님. 절대 실망시키지 않겠습니다."

이성훈은 전화를 끊고 주현과 최지영 팀장을 바라보며 말했다. "우리가 지금 할 수 있는 최선의 방안을 마련합시다. 주현 씨, 레오와 함께 추가 홍보 계획을 세우고, 콘텐츠를 준비하세요."

주현은 고개를 끄덕였다. "네, 최선을 다하겠습니다."

이성훈은 이어서 최지영 팀장에게 말했다. "최 팀장님, 모든 가능한 자원을 동원해서 스톰 엔터의 신곡을 효과적으로 홍보할 방안을 생각해 보세요."

최지영 팀장은 빠르게 답했다. "네, 본부장님. 추가 홍보 전략을 강화하고, 가능한 모든 자원을 동원하겠습니다."

이성훈은 팀원들을 격려하며 말했다. "이번 일을 통해 더 단단해질 수 있도록 합시다. 협력을 통해 문제를 해결하고, 더 나은 결과를 만들어 냅시다."

주현과 최지영 팀장은 고개를 끄덕이며 결의를 다졌다. "네, 본부장님. 최선을 다하겠습니다."

19

 김주현은 레오와의 통화를 마치고 깊은 생각에 잠겼다. 레오의 고백을 들으며 팀워크의 중요성과 함께 자신의 역할이 얼마나 중요한지 다시금 깨달았다. 이제는 앞으로 나아가야 했다. 주현은 이번 신곡 챌린지를 통해 자신의 능력을 최대한 발휘할 것을 다짐했다.

 주현은 회사 지하에 있는 스튜디오에 들어서자마자 긴장된 마음을 풀기 위해 깊은숨을 들이마셨다. 그는 카메라 앞에 서서 음악을 켰다. 스톰 엔터테인먼트 소속 아이돌인 Eclipse의 신곡 〈Lunar Echo〉가 스피커에서 흘러나오자, 주현의 몸은 자연스럽게 리듬에 맞춰 움직이기 시작했다.

 주현은 춤을 출 때마다 자신감과 에너지가 넘쳤다. 그는 다양한 각도에서 춤을 촬영하며, 자신의 열정과 에너지를 최대한 표현했다. 몇 시간의 촬영 끝에 주현은 만족스러운 미소를 지으며 카메라를 끄고 영상을 확인했다.

 주현은 인스타그램, 틱톡, 유튜브에 영상을 업로드하며 "Eclipse의 신곡 챌린지! 여러분도 함께 춰보세요! #LunarEcho #Eclipse #Kpop #dance"라는 해시태그를 달았다. 그의 영상은 곧바로 수많은 좋아요와 댓글을 받으며 빠르게 확산되었다.

"와, 주현 오빠! 정말 멋져요!", "AWESOME!!!", "저도 이 챌린지에 참여할게요!", "너무 신나요! 이번 신곡 대박 날 것 같아요!"

주현의 영향력은 금세 퍼져 나갔다. 그는 이에 그치지 않고, 친분이 있는 국내외 인플루언서들에게 직접 메시지를 보내 챌린지에 참여해 줄 것을 요청했다.

"안녕, 오랜만이야! 이번에 새로운 K-Pop 신곡 챌린지를 진행 중인데, 너도 함께 해줄 수 있을까?"

주현의 요청에 많은 인플루언서들이 긍정적인 반응을 보였다. 주현은 그들에게 신곡의 느낌과 챌린지의 목적을 설명하며, 각자 자신의 스타일로 표현해 달라고 부탁했다.

먼저, 미국의 유명 인플루언서인 SophiaNYC가 응답했다. "물론이지, 주현! 타임스퀘어에서 이 곡을 춤추는 걸 상상해봐. 멋지지 않을까?"

주현은 그녀의 제안을 듣고 미소를 지었다. "완벽해, Sophia. 타임스퀘어에서 너의 에너지를 보여줘."

SophiaNYC는 뉴욕의 타임스퀘어에서 춤을 추며, 신곡의 에너지를 극대화시켰다. 그녀의 영상은 빠르게 화제를 모았고, 주현의 챌린지에 큰 힘이 되었다.

이어 일본의 AyaTokyo는 도쿄 타워를 배경으로 춤을 추며 말했다. "주현, 이번 신곡 최고야! 도쿄에서도 응원할게!"

주현은 그녀의 응원에 감사하며 대답했다. "고마워, Aya. 너의 춤을 기대할게."

또한, 프랑스에서 레오와 그의 크루들도 신곡 챌린지에 참여했다. 그들은 파리의 에펠탑을 배경으로 춤을 추며, 주현의 챌린지에 대한 응원 메시지를 보냈다. "주현, 여기 파리에서도 응원할게! 우리 모두 함께 성공하자!"

레오와 그의 크루가 참여한 영상은 더욱 글로벌한 반응을 불러일으켰다. 다양한 나라의 인플루언서들이 이 챌린지에 동참하며, 신곡 〈Lunar Echo〉는 전 세계적으로 큰 인기를 끌기 시작했다. 대부분의 소셜 미디어에서는 각국의 랜드마크와 유명한 장소에서 인플루언서들이 참여한 Lunar Echo 챌린지 영상으로 가득 찼다.

그 결과, Eclipse의 신곡 〈Lunar Echo〉는 빌보드 차트에 진입하는 성과를 거두었다. 빌보드 '핫 100' 차트에서 27위로 데

뷔한 후, 점점 더 많은 팬들의 사랑을 받으며 10위 안에 진입했다. 이뿐만 아니라, 스포티파이와 유튜브 뮤직에서도 상위권에 랭크되며 그 인기를 증명했다. 스포티파이 글로벌 차트에서는 5위까지 올라갔고, 유튜브 뮤직에서는 조회수 1억 회를 돌파하며 화제를 모았다.

김주현은 컴퓨터 화면을 보며 빌보드 차트에 신곡이 오른 것을 확인하고, 뿌듯한 미소를 지었다. 그가 꿈꾸던 순간이 현실이 되었고, 그동안의 노력이 보답을 받는 기분이었다. 그의 노력과 팀워크가 빛을 발하는 순간이었다. 주현은 함께한 인플루언서와 댄스 팀원들과 함께 이 성과를 축하하며 말했다.

"우리가 해냈어! 모두 너희들 덕분이야. 앞으로도 더 멋진 결과를 만들어 내자!"

최지영 팀장과 이성훈 본부장도 주현의 성과를 축하했다. 최지영 팀장은 주현에게 다가와 말했다. "주현 씨, 정말 대단해요. 주현 씨의 노력과 열정이 큰 성과를 이루었어요. 앞으로도 기대할게요."

이성훈 본부장도 고개를 끄덕이며 말했다. "맞아요, 주현 씨. 이번 일로 당신의 가치를 다시 한번 확인했어요. 앞으로도 회사와 함께 성장해 나갑시다."

김주현은 선배들의 응원에 깊은 감사의 마음을 느꼈다.

퇴근 후 집으로 돌아온 주현은 피곤한 몸을 소파에 기댔다. 그는 오늘의 성과를 되새기며 휴식을 취하려던 참이었다. 그때, 휴대폰이 울렸다. 화면에는 스톰 엔터테인먼트 김재욱 대표의 이름이 떠 있었다. 주현은 놀란 표정으로 메시지를 열어보았다.

"김주현 씨, 이번 글로벌 챌린지를 성공적으로 이끌어 준 덕분에 Eclipse의 신곡이 큰 성과를 거뒀습니다. 당신의 K-Pop 인플루언서로서의 역량을 높이 평가합니다. 앞으로도 기대가 큽니다. 도움이 필요하면 언제든지 연락하세요. 계속해서 최선을 다해주세요."

주현은 잠시 메시지를 바라보며 김재욱 대표의 의외의 호의에 감동했다. 그는 깊은 감사를 느끼며 답장을 보냈다. "감사합니다, 대표님. 앞으로도 더 큰 성과를 위해 최선을 다하겠습니다."

주현은 김재욱 대표의 메시지를 마음에 새기며, 이번 기회를 통해 쌓은 관계와 신뢰를 바탕으로 더 큰 목표를 향해 나아갈 준비가 되었다. 이 순간, 주현은 자신이 K-Pop 인플루언서로서 얼마나 중요한 역할을 하고 있는지 다시 한번 느꼈고, 앞으로의 도전에 대한 의지를 더욱 굳건히 다졌다.

20

　김주현은 매미 소리에 눈을 떴다. 어느덧 여름이 찾아왔다. 스트레칭으로 하루를 시작한 그는 몸의 긴장을 풀었다. 아이스커피를 만들어 마시며 출근 준비를 마쳤다. 사무실로 향하는 길에 여름의 열기가 느껴졌다.

　크리에이티브하이브에 들어선 김주현은 바쁘게 움직이는 팀원들 사이로 걸어갔다. 사무실은 항상 에너지로 가득 차 있었다. 오늘은 특히 중요한 날이었다. 최지영 팀장이 새로운 프로젝트가 시작될 것이라고 예고했기 때문이다. 김주현은 곧바로 회의실로 향했다.

　회의실에 들어선 김주현은 정민호 대표가 참석한 것을 보고 놀랐다. 정민호 대표는 창의적이고 혁신적인 리더로 알려져 있었고, 회사의 중요한 결정에는 항상 그의 의견이 반영되었다.

　이성훈 본부장이 회의를 시작하며 말했다. "여러분, 오늘 우리는 회사의 미래를 결정지을 중요한 프로젝트를 소개하려 합니다. 대표님과 저는 오랜 기간 동안 이 프로젝트에 대해 논의해 왔습니다. 이번 프로젝트는 AI 기반 광고 솔루션을 개발하여 광고주와 인플루언서 모두에게 도움을 줄 수 있는 혁신적인 서비스를 만드는 것입니다."

김주현은 긴장된 표정으로 본부장의 말을 들었다. 이성훈 본부장이 이어서 말했다. "이 프로젝트의 책임자를 선정하는 것이 마지막까지 가장 큰 고민이었습니다. 특히, 크리에이터와 인플루언서에 관련된 프로젝트인 만큼, 그 영역에서 놀라운 역량과 성과를 보여준 김주현 씨를 이번 프로젝트의 책임자로 선정하려 합니다."

김주현은 놀라움을 감추지 못하고 자리에서 일어섰다. "감사합니다. 최선을 다하겠습니다."

정민호 대표가 미소를 지으며 격려했다. "김주현 씨, 이번 프로젝트에서 좋은 결과를 기대하고 있습니다. 잘 해낼 거라 믿어요."

최지영 팀장은 기쁜 마음으로 김주현을 바라보며 말했다. "주현 씨, 정말 축하해요. 이번 프로젝트는 주현 씨에게 큰 기회가 될 거예요."

이지안 대리도 축하의 말을 건넸다. "주현 씨, 축하해요. 함께 잘 해봐요." 그러나 그녀의 표정에는 약간의 아쉬움이 엿보였다. 그녀도 책임자로 선정되기를 바랐지만, 팀의 성공을 위해 김주현을 지지하기로 마음먹었다.

회의가 끝난 후, 김주현은 자리로 돌아와 프로젝트에 대해 깊이 생각하기 시작했다. 그는 먼저 시장 조사와 인터뷰를 통해 필요한 데이터를 수집하기로 결정했다. 며칠 동안 김주현은 관련 자료를 조사하고, 다양한 광고주와 인플루언서들을 인터뷰하며 그들의 요구사항과 기대를 분석했다.

주현은 밤늦게까지 사무실에 남아 데이터를 정리하고 분석했다. AI 매칭 시스템을 어떻게 구성할지, 크리에이터 네트워크를 어떻게 확장할지 구체적인 방안을 세웠다. 그는 또한 여러 성공 사례를 연구하며, 그동안의 실패 원인을 철저히 분석했다. 주현의 책상은 메모와 도표로 가득 찼고, 그의 열정과 노력이 담긴 기획안을 발표할 시간이 다가왔다.

이지안은 김주현의 노력과 열정을 보며 자신도 더 열심히 해야겠다고 다짐했다. 그녀는 이번 프로젝트가 성공적으로 진행되기를 바라면서도, 언젠가는 자신도 이런 중요한 프로젝트를 맡고 싶다는 욕심을 숨길 수 없었다.

21
—

기획안 발표일. 팀원들이 기대에 찬 눈빛으로 지켜보는 가운데, 주현은 자신감을 갖고 발표를 시작했다. "안녕하세요, 여러분. 이번 프로젝트의 기획안을 발표하겠습니다. 이번 프로젝트는 AI 기반 광고 솔루션을 개발하여 중소형 광고주와 인플루언서 모두에게 도움을 줄 수 있는 혁신적인 서비스를 만드는 것이 목표입니다."

그는 슬라이드를 넘기며 설명을 이어갔다. "먼저, 우리의 주요 타깃 고객층은 중소형 광고주와 인플루언서 및 크리에이터들입니다."

주현은 중소형 광고주에 대해 설명하기 시작했다. "예산이 한정된 소규모 기업 및 개인 사업자들이 우리의 주요 타깃입니다. 이들은 대형 광고 대행사에 의존하기보다는 직접적으로 효율적인 마케팅 솔루션을 찾고자 합니다. 예를 들어, 최근에 신제품을 출시한 작은 화장품 회사가 있다고 가정해 보겠습니다. 이 회사는 제품을 홍보할 방법을 찾고 있지만, 예산이 크지 않습니다. 저희의 솔루션을 사용하면 AI가 자동으로 최적의 인플루언서를 매칭해 주고, 맞춤형 마케팅 전략을 제안합니다."

최지영 팀장이 고개를 끄덕이며 질문했다. "그렇다면, 인플루언서와 크리에이터들에게는 어떤 도움이 되나요?"

주현은 인플루언서와 크리에이터에 대한 부분을 설명했다. "팔로워 수가 많지 않더라도 특정 분야에 강력한 영향력을 가진 마이크로와 나노 인플루언서들이 주요 대상입니다. 또한, 자신에게 맞는 광고주를 찾기 어려운 신진 인플루언서들도 타깃입니다. 예를 들어, 요리 관련 콘텐츠를 주로 올리는 인플루언서가 있다고 하면, AI가 해당 인플루언서에게 맞는 식품 브랜드를 찾아 연결해 줄 수 있습니다. 이렇게 하면 인플루언서와 광고주 모두에게 최적의 협업 기회를 제공합니다."

이성훈 본부장이 질문을 던졌다. "과거에도 유사한 서비스가 많았지만 성공하지 못한 경우가 많았습니다. 이번에는 어떻게 보완할 계획인가요?"

김주현은 침착하게 대답했다. "맞습니다, 본부장님. 과거의 실패 사례를 분석해 본 결과, 몇 가지 주요 문제점들이 있었습니다. 첫째, 서비스 내 크리에이터 수가 충분하지 않아 매번 같은 인플루언서를 소개하는 한계가 있었습니다. 이를 보완하기 위해 우리는 AI 기반의 데이터 마이닝 시스템을 도입해 다양한 소셜 미디어 플랫폼에서 잠재적인 인플루언서를 지속적으로 발굴하고, 네트워크에 초대할 예정입니다. 예를 들어, AI는 소셜 미디어 플랫폼에서 특정 키워드와 해시태그를 분석해 새로운 인플루언서를 찾아냅니다."

주현은 슬라이드를 넘기며 또 다른 문제점을 짚었다. "둘째, 광고주가 의외로 본인의 요구사항을 명확하게 알지 못하는 경우가 많았습니다. 광고주가 새로운 제품을 홍보하고자 할 때, AI는 과거 유사한 제품의 캠페인 데이터를 분석해 어떤 인플루언서가 효과적이었는지, 어떤 콘텐츠 스타일이 성공적이었는지를 기반으로 추천할 수 있습니다. 이로써 광고주는 더 명확한 방향성을 가질 수 있습니다."

최지영 팀장이 질문했다. "이번 서비스는 크리에이터 풀을 빠른 시간에 대량 확보해야 하고, 그에 맞춰 광고주 또한 빠른 시일에 모아야 하는 어려운 도전과제입니다. 이 과정에서 우리는 어느 정도의 시간을 투자해야 할까요?"

김주현은 자신 있게 답했다. "우리는 초기 3개월 동안 집중적인 온보딩과 프로모션을 통해 빠르게 크리에이터 풀을 확장할 계획입니다. 또한, 다양한 마케팅 캠페인을 통해 광고주를 유치하고, 지속적인 피드백과 개선을 통해 안정적인 네트워크를 구축할 것입니다. 하지만 이 목표를 달성하기 위해서는 전사적인 지원이 필요합니다."

이성훈 본부장은 김주현의 말을 듣고 결단력 있게 답했다. "주현 씨가 발표한 바와 같이 이번 프로젝트의 성공을 위해 전사적인 노력을 아끼지 않겠습니다. 각 부서와 긴밀히 협력하여 최선의 지원을 하겠습니다. 앞으로의 계획과 실행에 있어 필요한 모든 자원을 제공할 테니, 마음껏 추진해 주세요."

김주현은 본부장의 확고한 지원을 들으며 감사한 마음과 함께 더욱 큰 자신감을 얻었다. 그는 자신이 인플루언서로서의 역량과 네트워크를 어떻게 활용할 것인지에 대해서도 설명했다. "저는 K-Pop 인플루언서로서 다양한 경험과 네트워크를 가지고 있습니다. 이를 통해 많은 인플루언서와 협력해 왔고, 그들과의 신뢰를 기반으로 이번 프로젝트에서도 큰 성과를 낼 수 있을 것입니다. 예를 들어, 저와 오랜 친분이 있는 K-BeautyStar와 국내 인플루언서, 그리고 SophiaNYC, AyaTokyo와 같은 글로벌 인플루언서들이 이번 프로젝트에 참여하도록 설득할 수 있습니다."

이성훈 본부장은 기획안에 대해 만족한 표정으로 말했다. "주현 씨, 훌륭한 발표였습니다. 모두가 알다시피, 특히 이번 프로젝트는 AI 기술이 아주 중요합니다. 그래서 최적의 파트너를 찾기 위해 대표님과 함께 한국 기업 한 곳과 해외 기업 두 곳을 검토 중입니다. 한국의 아이브레인 솔루션즈, 미국의 테크노바 인사이트, 그리고 프랑스의 알테어 테크놀로지스를 고려하고 있습니다."

테크노바 인사이트라는 이름에, 주현은 깜짝 놀랐다. 그 회사는 주현의 아버지가 임원으로 있는 곳이었다. 아버지가 엄격하고 무뚝뚝한 성격 탓에 두 사람의 관계는 썩 좋지 않았지만, 주현은 이를 내색하지 않고 평정을 유지하며 고개를 끄덕였다. 그는 이내 다시 집중하며 앞으로의 도전을 다짐했다.

22

김주현이 발표를 마친 후, 팀원들은 회의실을 떠나고 이성훈 본부장은 화상회의를 준비했다. 프랑스 출장 중인 정민호 대표와 연결이 되자, 이성훈 본부장이 화면 앞에 앉아 말했다.

"대표님, 오늘 주현 씨의 발표는 매우 인상적이었습니다. 특히 AI 기반 광고 솔루션의 가능성에 대해 확신이 들었습니다. 주요 내용은 중소형 광고주와 인플루언서를 대상으로 하는 AI 기반 마케팅 솔루션이었습니다. 특히, 예산 규모가 크지 않은 중소형 광고주에 집중할 예정입니다."

정민호 대표가 고개를 끄덕이며 답했다. "좋습니다, 이 본부장님. 그럼 기술 파트너 후보사에 대해 이야기해 봅시다. 제가 이번 출장에서 얻은 인상을 공유하죠."

이성훈 본부장은 자료를 준비하며 집중했다. 정민호 대표가 말을 이었다. "첫 번째로 아이브레인 솔루션즈는 국내에서 빠르게 성장하고 있는 기업입니다. 기술력은 뛰어나지만 글로벌 네트워크가 부족해 우리의 국제적 확장에는 한계가 있을 것 같았습니다."

이성훈 본부장은 고개를 끄덕이며 동의했다. 정민호 대표가 말을 이어갔다. "두 번째 후보는 프랑스의 알테어 테크놀로지스입니다. 오늘 그들과 미팅을 가졌는데, 혁신적인 기술을 보유하고 있지만, 회사의 규모가 작아 안정성 면에서 불안한 느낌을 받았습니다. 그들의 기술은 혁신적이지만 우리의 요구를 완전히 충족시키기에는 다소 부족하다고 생각했습니다."

이성훈 본부장은 자료를 넘기며 마지막 후보에 대해 물었다. "그렇다면 테크노바 인사이트는 어떤가요?"

정민호 대표가 미소를 지으며 말했다. "지난주에 실리콘밸리에서 테크노바 인사이트와 미팅을 가졌습니다. 그들은 우리 프로젝트에 깊은 관심을 보였고, 협력에 대한 긍정적인 인상을 받았습니다. 특히, 테크노바 인사이트 대표인 마이클 킴은 과거 MBA 시절의 선배여서, 더욱 깊이 있는 논의를 할 수 있었습니다. 마이클은 테크노바 인사이트의 AI 기술이 우리의 요구를 충분히 충족시킬 수 있으며, 그들의 글로벌 네트워크를 통해 우리의 확장 가능성을 크게 높일 수 있을 것이라고 자신했습니다."

이성훈 본부장이 고개를 끄덕이며 말했다. "마이클 킴은 실리

콘밸리에서도 손꼽히는 AI 전문가로, 여러 성공적인 프로젝트를 이끈 경험이 있습니다. 그의 리더십과 기술적 통찰력은 테크노바 인사이트를 현재의 위치에 올려놓은 주된 이유죠. 그런 그가 이번 프로젝트에 깊은 관심을 보였다는 것은 큰 의미가 있습니다."

정민호 대표가 결론을 내렸다. "그렇다면 테크노바 인사이트와 협업을 추진하는 것이 좋겠습니다. 그들의 기술력과 글로벌 네트워크는 우리 프로젝트에 큰 도움이 될 것입니다."

이성훈 본부장이 동의하며 말했다. "네, 테크노바 인사이트와의 협력을 공식적으로 제안하도록 하겠습니다. 주현 씨의 발표 내용도 매우 긍정적이었으니, 이번 결정이 좋은 결과를 가져올 것이라 믿습니다."

정민호 대표가 미소를 지으며 말했다. "좋습니다. 그럼 이 본부장님이 실무를 챙겨주시기 바랍니다. 저는 곧 한국으로 돌아갈 예정입니다."

이성훈 본부장이 말했다. "알겠습니다, 대표님. 조심히 돌아오시기 바랍니다. 화상회의를 마치겠습니다."

회의가 종료되고, 이성훈 본부장은 마음속으로 이번 결정이 팀에게 큰 성과를 가져올 것이라 기대하며 다짐했다.

23

다음 날 아침, 이성훈 본부장은 팀원들을 회의실로 불렀다. 김주현, 최지영 팀장, 그리고 다른 팀원들이 모인 자리에서 이성훈 본부장이 말을 꺼냈다.

"여러분, 정민호 대표님과 논의 끝에 테크노바 인사이트와 협력하기로 결정했습니다. 이번 프로젝트를 성공적으로 이끌기 위해 중요한 파트너를 확보하는 것인 만큼, 이제 본격적으로 준비에 들어가야 합니다."

주현의 마음은 순간 복잡해졌다. 아버지가 계신 테크노바 인사이트가 파트너로 됐다는 소식을 직접 들으니 더욱 긴장되었다. 그는 잠시 눈을 감고 마음을 가라앉히려 애썼다. 이성훈 본부장의 목소리가 다시 들려왔다.

"주현 씨, 테크노바와 공유할 기획안을 준비해 주세요. 우리 프로젝트의 핵심 내용을 담아 명확하고 설득력 있게 작성해야 합니다."

주현은 고개를 끄덕이며 메모를 했다. 마음속 깊은 곳에서는 복잡한 감정이 소용돌이쳤지만, 그는 프로페셔널하게 행동하려 애썼다. 이성훈 본부장은 이어서 최지영 팀장을 향해 말했다.

"최지영 팀장님, 테크노바와 초도 미팅을 주선해 주세요. 가능한 한 빠른 시일 내에 진행할 수 있도록 해주세요."

최지영 팀장은 이성훈의 지시에 맞춰 준비에 들어갔다. 팀원들은 각자 맡은 역할을 이해하고 업무를 준비하기 시작했다.

주현은 기획안을 작성하기 위해 밤낮으로 노력했다. 그는 시장 분석, 타깃 고객층, 기대 효과 등을 포함한 상세한 계획을 준비했다. 주현의 기획안은 정교하고 설득력 있게 다듬어졌고, 팀원들의 피드백을 받아 최종 수정되었다.

최지영 팀장은 테크노바 인사이트와의 첫 미팅 일정을 빠르게 조율했다. 이메일과 전화를 통해 양 사의 일정을 맞춘 끝에 첫 화상회의 날짜가 확정되었다.

첫 번째 화상회의 날, 정민호 대표도 귀국하여 회의실에 함께 참석했다. 테크노바 인사이트 마이클 킴 대표와 그의 팀이 화면에 나타났고, 정민호 대표가 인사말을 전했다.

"테크노바 인사이트 팀 여러분, 다시 만나 뵙게 되어 반갑습니다. 지난주 실리콘밸리에서의 미팅이 매우 인상적이었습니다. 이번 협력이 양 사 모두에게 큰 성과를 가져다주길 기대합니다."

마이클 킴 대표가 미소 지으며 답했다. "저희도 그렇습니다, 정민호 대표님. 오늘 이야기해 주실 기획안을 기대하고 있습니다. 중요한 협력인 만큼, 오늘은 간단하게 기획안을 브리핑해 주시고, 비밀 유지 계약을 체결한 후에 자세한 내용을 논의하면 좋겠습니다."

주현은 긴장감을 느끼면서도 자신 있게 말했다. "안녕하세요, 김주현입니다. 오늘은 저희 프로젝트의 핵심 내용을 간단히 공유드리겠습니다." 주현은 주요 목표와 기대 효과, 타깃 고객층에 대한 개요를 간단히 설명하며 기획안을 브리핑했다.

테크노바 팀은 주현의 설명을 주의 깊게 경청했다. 주현이 주요 목표와 전략을 설명할 때마다 마이클 킴 대표는 고개를 끄덕였고, 테크노바의 다른 임원들도 메모를 하며 긍정적인 반응을 보였다. 특히, 주현이 타깃 고객층에 대한 세부 분석을 설명할 때 테크노바의 마케팅 담당자는 흥미로운 표정을 지으며 추가 질문을 던졌다.

마이클 킴 대표가 미소 지으며 말했다. "김주현 씨, 매우 인상적인 발표였습니다. 특히 타깃 고객층에 대한 분석이 매우 철저하군요. 이 프로젝트가 성공할 가능성이 매우 높다고 생각합니다."

첫 화상회의는 성공적으로 진행되었다. 이후 주현과 최지영을 비롯한 양 사의 실무진은 비밀 유지 계약(NDA)을 체결하고, 기획안과 관련 기술에 대해 자료와 의견을 주고받으며 기획을 구체화해 나갔다. 여러 차례의 이메일과 화상회의를 통해 논의는 깊어졌고, 시간은 빠르게 흘러갔다.

2주가 지나자, 양 사는 협력의 세부 사항을 모두 조율했고, 테크노바 본사에서 업무협약식을 치르기로 했다. 협약식을 준비하기 위해, 양 사의 대표와 주요 임원들이 참석할 준비를 마쳤다.

주현은 협약식 준비를 위해 서류를 정리하던 중, 테크노바 인사이트의 참석자 명단에서 '김도훈'이라는 이름을 발견하고 놀랐다. 그는 잠시 멈춰서, 복잡한 감정을 느끼며 서류를 내려다보았다.

24

 협약식 당일, 주현은 정민호 대표, 이성훈 본부장, 최지영 팀장과 함께 호텔을 나서 테크노바 인사이트 본사로 향했다. 본사 건물은 현대적인 디자인과 최첨단 기술이 돋보이는 건축물로, 테크노바의 위상을 그대로 보여주고 있었다.

 로비에 도착한 주현은 긴장감을 느끼며 숨을 깊게 들이마셨다. 오늘은 단순한 협약식을 넘어서 아버지와의 재회를 맞이하는 날이기도 했다. 그는 여러 가지 감정이 뒤섞인 상태에서 마음을 가라앉히려 애썼다.

 테크노바 인사이트 직원이 주현 일행을 안내해 회의실로 들어갔다. 회의실은 넓고 세련되게 꾸며져 있었으며, 한쪽 벽을 가득 채운 스크린에는 양 사의 로고와 함께 환영 메시지가 있었다. 주현은 자신의 자리에 앉아 주변을 둘러보았다. 화려한 조명과 첨단 장비들이 테크노바의 혁신적 이미지를 한층 더 부각시켰다.

 회의실 문이 열리고, 테크노바 인사이트 주요 임원들이 들어왔다. 그들 중 한 명인 김도훈이 주현의 시야에 들어왔다. 김도훈은 차분한 표정으로 회의실을 둘러보며, 이내 주현과 눈이 마주쳤다. 주현은 숨을 죽이며 아버지의 반응을 살폈다.

김도훈은 순간 멈칫했지만 이내 평정을 되찾고, 다른 임원들과 함께 자리에 앉았다. 그는 테크노바 인사이트 부사장으로서 이번 협약식의 중요한 역할을 맡고 있었다. 김도훈은 서류를 정리하며 발표 준비를 마쳤다.

마이클 킴 대표가 인사말을 시작했다. "먼저, 이번 협약식에 참석해 주신 여러분께 감사드립니다. 오늘은 양 사의 협력이 공식적으로 시작되는 중요한 날입니다."

마이클 킴 대표가 소개를 마친 후, 김도훈이 발표를 이어받았다. "안녕하세요, 김도훈입니다. 이번 협약을 통해 양 사가 함께 성장할 수 있는 기회를 얻게 되어 매우 기쁩니다. 저희 테크노바 인사이트는 이번 프로젝트를 통해 혁신적인 솔루션을 제공할 수 있을 것이라 확신합니다."

김도훈의 목소리는 차분하고도 강력했다. 주현은 아버지의 발표를 들으며 여러 가지 감정이 교차했다. 아버지와의 거리가 느껴졌지만, 동시에 그가 이끄는 팀의 일원이 된다는 사실에 책임감을 느꼈다.

협약식 말미에, 양 사의 대표가 서류에 서명했다. 정민호 대표와 마이클 킴 대표가 각각 서명한 후, 두 사람은 악수를 나누며 웃음을 지었다. 테크노바 인사이트와 크리에이티브하이브의 홍보팀이 그 순간을 기록했다. 사진 촬영은 여러 각도에서 이루어졌고, 양 사의 로고가 배경에 뚜렷이 보였다. 이성훈 본부장과 최지영 팀장, 그리고 다른 주요 임원들도 함께 사진을 찍으며 기념했다.

촬영을 마치고, 참석자들은 축하의 의미로 박수를 보냈다. 김도훈은 주현을 바라보며 가볍게 고개를 끄덕였고, 주현도 이에 응답했다.

협약식이 끝난 후, 주현은 회의실을 나서며 복잡한 심경을 정리하려 애썼다. 그는 아버지와의 대화를 피할 수 없다는 것을 알았다. 주현은 용기를 내어 아버지에게 다가갔다.

"아버지, 오랜만이에요. 여기서 뵙게 될 줄은 몰랐어요."

김도훈은 잠시 주현을 바라보다가 굳은 표정으로 답했다. "그래, 김주현. 네가 이번 프로젝트에 참여하게 됐다니 좀 놀랍구나. 네가 회사에서 무슨 일을 하는지는 잘 모르지만, 이번 프로젝트에서 네 역할을 제대로 해내야 할 거다. 실망시키지 마라."

김도훈의 목소리에는 차가운 권위가 담겨 있었다. 그의 눈에는 단호함과 기대가 섞여 있었지만, 주현이 이를 느낄 수 있을지는 알 수 없었다. 주현은 아버지의 말을 들으며 마음이 무거워지는 것을 느꼈다. 아버지의 말 속에는 여전히 자신을 완전히 신뢰하지 않는 감정이 묻어 있었다.

주현은 잠시 망설이다가 조용히 답했다. "네, 아버지. 최선을 다하겠습니다."

김도훈은 눈빛을 잠시 주현에게서 떼지 않았다가, 다시 단단해졌다. 주현은 그 미묘한 변화를 느끼며, 여전히 아버지에게 인정받고 싶다는 욕망과 책임감 사이에서 갈등했다.

아직 많은 것이 해결되지 않았지만, 오늘의 만남은 그들에게 새로운 도전의 시작을 알리는 신호였다.

25

김도훈은 대기업 임원으로서 가족과 함께 세계 각지에 부임했던 워커홀릭이었다. 그의 삶은 늘 바쁘고 치열했다. 그는 가족을 위해 일했지만, 그로 인해 가족과의 시간은 늘 부족했다. 주현이 중학교 때, 김도훈은 프랑스 지사장으로 파리에 부임하게 되었다. 가족은 파리로 이사했고, 주현은 새로운 환경에서 새로운 시작을 맞이했다.

파리에서의 생활은 주현에게 쉽지 않았다. 2010년대 중반, 파리의 한 국제학교에 다니던 주현은 다른 학생들과 외모와 문화가 달라 인종차별을 경험했다. 학생들은 그의 외모를 놀리거나, 말을 걸어도 무시하곤 했다. 주현은 점심시간마다 혼자 밥을 먹으며 외로움을 견뎌야 했다. 그에게 유일한 위안은 노래를 부르고 춤을 추는 것이었다. 그는 집에서 혼자 춤을 추며 하루하루를 버텼다.

어느 날, 주현은 집 근처의 커뮤니티 센터에서 혼자 춤을 추고 있었다. 그의 열정적인 춤사위는 우연히 지나가던 레오의 눈에 띄었다. 레오는 주현에게 다가가 말을 걸었다.

"안녕, 너 춤 정말 잘 춘다. 같이 춤추지 않을래?"

주현은 처음엔 경계했지만, 레오의 친절함과 관심에 조금씩 마음을 열었다. 둘은 함께 춤을 추기 시작했고, 점점 친해졌다. 주현은 레오와의 우정을 통해 자신감을 되찾았고, 차츰 학교에서도 친구를 사귀게 되었다.

레오는 주현에게 무척 특별한 친구였다. 레오는 활기차고 사교적인 성격 덕분에 현지 학교에서 인기가 많았다. 그는 주현이 외로움을 느끼지 않도록 항상 주현을 배려했고, 주현이 힘들어할 때마다 격려해 주었다. 둘은 함께 춤을 추며 많은 시간을 보냈다. 레오는 주현에게 다양한 댄스 기술을 가르쳐 주었고, 주현은 레오에게서 많은 것을 배웠다.

둘은 다른 친구들과 함께 댄스팀을 결성했다. 이 팀은 지역 대회와 커뮤니티 행사에서 뛰어난 실력을 선보이며 인기를 끌었다. 주현과 레오는 팀의 핵심 멤버로서 팀을 이끌었고, 그들의 노력이 결실을 맺어 프랑스의 유명한 댄스 대회인 'Juste Debout'에서 1위를 차지하는 성과를 이루었다. 그 순간은 주현에게 잊을 수 없는 자랑스러운 기억이 되었다.

하지만, 이런 주현의 변화는 아버지 김도훈에게 불편함을 안겨주었다. 김도훈은 아들이 춤에 빠져 학업을 소홀히 하는 것을 탐탁지 않아 했다. 그는 주현에게 공부에 집중하라고 여러 차례 충고했지만, 주현은 아버지의 기대를 충족시키기 어려웠다. 어느 날, 김도훈은 주현의 방에서 댄스 연습을 하고 있는 아들을 발견했다.

"김주현, 지금 뭐 하는 거냐? 이 시간에 춤을 추고 있으면 공부는 언제 하려고?"

김도훈의 엄격한 목소리에 주현은 움찔했다. 그는 춤을 멈추고 아버지를 바라보았다. 주현의 눈에는 서운함과 분노가 섞여 있었다.

"아버지, 저도 공부 열심히 하고 있어요. 하지만 춤도 제게 중요해요. 이걸 통해 많은 친구도 사귀었고, 자신감도 생겼어요."

김도훈은 주현의 말을 듣고 잠시 침묵했다. 그의 얼굴에는 분노와 실망이 뒤섞여 있었다.

"친구? 자신감? 그게 네 미래에 무슨 도움이 된다고 생각하냐? 공부가 우선이다. 친구와 어울리며 춤출 시간에 책을 펴고 공부해라."

주현은 아버지의 말에 상처받았다. 그의 목소리는 떨리고 있었다.

"아버지는 제 기분이나 하고 싶은 건 전혀 신경 쓰지 않잖아요. 저는 춤을 추고 싶어요. 그게 제가 행복할 수 있는 길이에요."

김도훈은 화를 억누르며 깊은 한숨을 내쉬었다. 그의 눈에는 냉정함이 깃들어 있었다.

"행복? 네가 나중에 후회하지 않으려면 지금 열심히 공부해야 한다. 춤은 취미일 뿐이다. 그 이상도 이하도 아니야."

주현은 더 이상 말하지 않았다. 그는 방을 나가 문을 쾅 닫았다. 그 순간, 그의 눈에는 눈물이 맺혀 있었다. 그 후로 주현과 김도훈 사이에는 보이지 않는 벽이 생겼다. 주현은 더욱 춤에 몰두했고, 김도훈은 아들을 이해하지 못한 채 점점 더 일에 몰두했다.

주현과 레오의 우정은 더욱 깊어졌고, 주현은 레오와 함께 춤을 통해 자신의 꿈을 키워갔다. 그에게 춤은 단순한 취미가 아니라, 자신의 정체성을 찾고 자아를 표현하는 중요한 수단이었다. 레오는 언제나 주현의 곁에서 그를 지지해 주었다. 둘은 함께 춤을 추며 많은 추억을 쌓았고, 그 우정은 주현에게 큰 힘이 되었다. 하지만, 아버지와의 갈등은 그의 마음 한편에 늘 무겁게 자리 잡고 있었다.

26

양 사 업무협약식이 성황리에 마무리되었다. 크리에이티브하이브와 테크노바 인사이트는 공식적으로 손을 맞잡고, 광고 솔루션 'Adfluence' 개발에 착수했다. 협약식 후, 주현은 서울로 돌아와 본격적인 기획 작업에 돌입했다.

Adfluence 개발이 시작된 지 몇 주가 흘렀다. 주현은 매일

화상회의를 통해 엔지니어 팀과 개발 상황을 점검하고 피드백을 제공했다. 그의 기획안에 대한 열정과 디테일은 팀의 사기를 북돋웠고, 문제 해결에 큰 도움이 되었다. 테크노바 인사이트의 기술력과 크리에이티브하이브의 마케팅 전략이 완벽히 조화를 이루어, Adfluence는 예상보다 빠르게 완성되었다.

테스트 버전이 완료되자, 주현과 크리에이티브하이브 모든 직원들은 광고주들에게 솔루션을 알리고 사용을 독려하는 데 주력했다. 주현은 과거 친분이 있는 인플루언서 외에도 각 분야에서 떠오르는 신인 인플루언서들에게 솔루션을 추천하고 가입을 독려했다. 여러 모임과 행사에서 인플루언서들을 만나 솔루션의 장점을 설명하며 그들의 참여를 유도했다. 크리에이티브하이브의 직원들도 다양한 경로를 통해 광고주와 인플루언서를 모집했다.

Adfluence의 테스트 기간 동안, 주현과 팀원들은 다양한 광고주와 인플루언서를 대상으로 시스템을 시험했다. 테스트 결과는 매우 긍정적이었다. 광고주들은 자신들의 제품이 인플루언서의 콘텐츠에서 자연스럽게 녹아드는 모습을 보며 만족했고, 인플루언서들은 자신들의 창의성을 발휘할 수 있는 새로운 기회를 얻게 되었다. 그러나 테스트 기간 동안 작은 위기들도 있었다. 한 인플루언서의 콘텐츠가 예상과 다르게 반응을 얻지 못해 광고주가 불만을 제기한 사건이 있었다. 주현은 즉시 팀원들과 함께 원인을 분석하고 해결책을 찾아냈다. 주현은 해당 인플루언서와 긴밀히 협력하여 콘텐츠를 수정하고, 광고주와의 신뢰를 회복했다.

Adfluence는 광고주와 인플루언서를 자동으로 매칭해 주는 핵심 기능을 갖추고 있었다. 광고주는 자신의 제품과 타깃 시장에 맞는 인플루언서를 선택할 수 있고, 인플루언서는 자신의 콘텐츠 스타일과 맞는 광고주를 찾을 수 있었다. 이 시스템은 광고주가 입력한 제품 정보와 마케팅 목표, 인플루언서의 콘텐츠 스타일과 팔로워 성향 등을 분석해 최적의 조합을 추천했다. 주현과 테크노바 개발팀은 이 과정이 원활히 진행되도록 지원하고, 최적의 매칭을 위해 시스템을 지속적으로 개선했다.

서비스 출시 행사가 다가오자, 주현과 그의 팀은 마지막 준비에 박차를 가했다. 이들은 홍보 자료를 준비하고, 초대장을 발송하며, 행사 당일 시연을 위한 리허설을 반복했다. 행사 날이 되자 업계의 많은 관심을 받으며 행사가 성황리에 열렸다. 다양한 업계 관계자들이 참석한 가운데, Adfluence의 기능과 성공적인 테스트 결과가 발표되었다. 광고주와 인플루언서들은 시스템의 혁신성과 효율성에 큰 관심을 보였다.

Adfluence는 한국과 해외의 유명 개발사가 함께 론칭한 솔루션으로서 업계의 큰 관심을 받았다. 많은 전문가들이 이 솔루션의 혁신성과 효율성을 주목했고, 이는 앞으로의 광고 시장에 큰 변화를 가져올 것이라 예상되었다. 출시 행사는 미디어의 집중 조명을 받았고, 여러 기사가 이를 다루며 Adfluence의 성공적인 출발을 알렸다.

특히, 주현이 직접 모집하고 발굴한 인플루언서들의 활약이 두드러졌다. 그는 떠오르는 신인 스트리머 출신의 인플루언서 민재를 비롯해 패션 분야에서 빠르게 성장 중인 트렌드퀸, 그리고 요리 콘텐츠로 주목받고 있는 셰프준을 Adfluence에 참여시켰다. 이 인플루언서들은 각자의 개성과 전문성을 바탕으로 브랜드와의 협업에서 큰 성공을 거두었고, 그들의 참여는 Adfluence의 초기 성공을 이끄는 데 큰 역할을 했다.

이후 광고주와 인플루언서의 문의가 쏟아졌고, 크리에이티브 하이브 팀은 그들의 요구에 적극적으로 협력했다. 솔루션 출시 후 일주일 만에 1,500곳의 광고주와 5천 명의 인플루언서가 참여하여, 총 3,000여 개의 캠페인이 성공적으로 진행되었다. 특히, 참여한 마이크로와 나노 인플루언서들은 다양한 장르와 분야를 아우르며, 국내외에서 밀도 높은 영향력을 자랑하는 인물들이었다. 이러한 성과는 Adfluence의 혁신적인 매칭 시스템과 주현의 팀워크 덕분이었다.

주현은 자신의 역할에 자부심을 느끼며, 더 많은 광고주와 인플루언서가 Adfluence를 통해 성공적인 협업을 이루어 내기를 기대했다. 그의 노력과 열정이 결실을 맺고 있었고, 이는 그와 그의 팀에게 큰 동기부여가 되었다. 주현은 앞으로도 이 솔루션을 더욱 발전시키고, 더 많은 이들에게 혜택을 줄 수 있도록 최선을 다할 것을 다짐했다.

테크노바 인사이트 김도현 부사장은 아들의 성과를 묵묵히 지켜보았다. 십수 년간 쌓였던 불만과 서운함이 여전히 그의 마음에 남아 있었지만, 주현의 노력과 성과를 보면서 마음이 조금씩 변화하는 것을 느꼈다. 주현이 이렇게 잘 해내고 있는 모습을 보며, 김도현은 아들의 성장을 인정할 준비가 되어 있는지 스스로에게 되묻곤 했다.

김도현의 마음이 혼란스러운 가운데, 주현은 그동안 눈여겨본 스트리머 출신의 민재와 함께 새로운 도전을 준비하고 있었다.

27

민재는 트위치에서 활동하는 인기 스트리머였다. 그는 주로 일상 브이로그, 취미 활동, 제품 리뷰 등을 라이브로 진행하며 많은 팬과 소통했다. 팔로워 수는 15만 명을 넘었고, 그의 자연스러운 진행과 시청자와의 활발한 소통 덕분에 큰 인기를 끌고 있었다. 그러나 트위치의 한국 시장 철수 소식이 전해지면서, 민재는 새로운 플랫폼으로의 이동을 고민하게 되었다.

주현은 이러한 민재의 상황을 파악하고, 그의 잠재력을 극대화하기 위한 전략을 세웠다. 어느 날, 주현은 민재에게 직접 연락해 만나자고 제안했다.

"민재 씨, 트위치 철수 소식 들었어요. 앞으로 어떻게 할 계획인가요?" 주현이 물었다.

민재는 깊은 한숨을 쉬며 말했다. "솔직히 많이 고민하고 있어요. 유튜브로 옮기려니 부담도 되고, 어떻게 시작해야 할지 막막하네요."

주현은 미소를 지으며 말했다. "제가 도와드릴게요. 민재 씨의 강점을 살릴 수 있는 유튜브 채널 전략을 제안하고 싶어요."

민재는 주저하며 물었다. "유튜브요? 과연 제가 잘할 수 있을까요? 트위치와는 많이 다를 텐데…."

주현은 고개를 끄덕이며 말했다. "맞아요, 하지만 민재 씨의 소통 능력과 콘텐츠 제작 능력을 유튜브에서도 충분히 발휘할 수 있어요. 제가 도와드릴 테니 걱정 말고 함께 해봐요."

주현은 민재의 강점과 약점을 분석하고, 그에 맞는 유튜브 채널 전략을 설명했다. 먼저, 민재의 자연스러운 진행과 소통 능력을 최대한 활용할 수 있는 콘텐츠 기획이 필요했다. 주현은 민재에게 일상 브이로그와 취미 활동을 중심으로 한 채널을 제안했다.

"민재 씨, 기존 팬들을 유튜브로 끌어들이려면 일상 브이로그와 취미 활동 콘텐츠가 좋을 것 같아요. 라이브 방송과는 다르게, 유튜브는 사전 기획과 편집이 필수적이지만, 그만큼 다양한 콘텐츠를 제작할 수 있어요."

민재는 고개를 끄덕이며 동의했다. "그렇다면 어떻게 시작하면 좋을까요?"

주현은 미소 지으며 구체적인 계획을 펼쳐 보였다. "먼저, 초기 콘텐츠 아이디어와 촬영 일정을 잡아야 합니다. 그리고 채널 브랜딩과 영상 편집 스타일도 함께 논의해 봐요."

민재는 주현의 제안을 진지하게 받아들였다. 그들은 여러 차례 회의를 통해 협력의 세부 사항을 논의하며, 각자의 역할과 책임을 명확히 했다. 이어서, 주현은 제안서와 계약서를 작성하여 민재에게 전달했고, 이를 바탕으로 두 사람은 파트너십 계약을 체결했다. 계약서에는 협력의 목적, 기간, 역할 분담, 수익 배분 등이 명확히 명시되어 있었으며, 민재와 주현 모두 새로운 도전에 대한 기대감을 감추지 않았다.

주현은 몇 명의 성공적인 유튜브 크리에이터들을 벤치마킹하자고 제안했다. "이 크리에이터들을 참고해 보세요. 그들은 민재 씨와 비슷한 장르의 콘텐츠를 제작하며 성공을 거두고 있어요. 어떤 방향으로 콘텐츠를 제작해야 하는지, 어떤 점을 보완해야 하는지 배울 수 있을 거예요."

민재는 주현의 조언에 따라 콘텐츠 기획과 촬영, 편집에 대한 기본적인 팁을 배웠다. 처음 몇 주 동안, 민재는 유튜브 채널 운영에 어려움을 겪었다. 첫 영상은 저조한 조회수를 기록했고, 편집 과정에서 실수가 잦았다.

어느 날, 민재는 주현에게 말했다. "첫 영상이 조회수가 생각보다 낮아요. 트위치에서의 반응과는 많이 다르네요."

주현은 민재의 말에 귀를 기울이며 조언했다. "처음엔 누구나 실수를 해요. 중요한 건 그걸 통해 배우는 거죠. 조회수가 저조한 건 단순히 콘텐츠의 문제일 수도 있지만, 초반엔 알림이 제대로 가지 않는 경우도 많아요. 꾸준히 업로드하면서 시청자들과의 소통을 강화해 봅시다."

민재는 주현의 조언에 따라 꾸준히 영상을 업로드하며 시청자들과의 소통을 강화했다. 그는 시청자들의 피드백을 반영해 콘텐츠를 개선하고, 더 나은 편집 기술을 익히기 위해 노력했다. 또한, 벤치마킹한 크리에이터들의 성공 사례를 분석하며 자신의 콘텐츠 스타일을 다듬어 나갔다.

주현은 민재와 함께 촬영 일정을 잡고 편집 과정을 모니터링했다. "민재 씨, 이번 콘텐츠는 시청자들과의 소통을 강화하기 위해 댓글에 적극적으로 답변하는 부분을 추가해 보면 어때요?" 주현이 제안했다.

민재는 주현의 말을 들으며 열심히 노트에 적었다. "좋은 생각이에요. 그리고 라이브 방송과 연계한 이벤트도 진행해 보면 좋을 것 같아요."

주현은 미소를 지으며 고개를 끄덕였다. "맞아요. 그럼 다음 라이브 방송에서 이벤트를 공지하고, 유튜브 구독자들에게도 참여를 유도해 봅시다."

민재는 시청자들의 반응과 유튜브 CMS 데이터를 분석하며, 콘텐츠의 방향성을 조정해 나갔다. 주현의 조언과 피드백을 바탕으로, 민재는 자신의 말하는 방식과 편집 스타일을 점점 개선했다. 또한, 시청자들과의 소통을 강화하기 위해 댓글에 적극적으로 답변하고, 라이브 방송과 연계한 이벤트를 진행했다.

이 과정에서 주현은 민재를 유명 인플루언서 '소라'의 방송에 출연시켜 컬래버레이션 영상을 찍도록 했다. 소라는 주현이 잘 아는 인플루언서로, 구독자가 200만 명에 달하는 유명 유튜버였다. 소라와의 컬래버레이션 영상은 민재의 채널에 큰 도움이 되었다.

소라와 컬래버레이션 촬영이 끝난 후, 민재는 소라와 함께하는 시간이 큰 도움이 되었다고 말했다. "정말 많은 걸 배웠어요. 소라 님이 어떻게 시청자들과 소통하는지, 그리고 콘텐츠를 어떻게 기획하는지 직접 보니까 감이 잡히네요."

주현은 웃으며 말했다. "그렇죠? 이제 그걸 바탕으로 더 나은 콘텐츠를 만들어 봅시다. 민재 씨는 충분히 잘할 수 있어요."

결국, 민재의 유튜브 채널은 빠르게 성장하기 시작했다. 두 달 만에 실버버튼을 달성했고, 다섯 달 만에 구독자 50만 명을 돌파했다. 민재의 콘텐츠는 점점 더 많은 사람들에게 사랑받으며, 그는 유튜브 크리에이터로서도 큰 성공을 거두었다.

민재의 성장은 주현의 전략과 지원 덕분이었다. 주현은 민재의 잠재력을 최대한 발휘할 수 있도록 도왔고, 민재는 그 기대에 부응하며 놀라운 성과를 이뤄냈다. 이제 민재는 주현과 함께 새로운 도전을 준비하고 있었다.

그때, 민재의 최근 영상에 의미심장한 댓글이 달렸다.

"앞으로 어떤 일이 벌어질지 기대해."

28

민재의 유튜브 채널은 꾸준한 성장세를 보이며 많은 사람들의 사랑을 받고 있었다. 그러나, 많은 성공이 그렇듯, 민재의 성공도 예상치 못한 문제를 맞닥뜨리게 되었다. 어느 날, 민재의 과거 사진과 영상이 SNS에 퍼지기 시작했다. 이 사진과 영상들은 조작된 것이었고, 민재를 부정적인 이미지로 몰아가려는 의도가 다분했다.

"민재, 이런 사람이었어?"
"저 사람, 믿을 수 없겠네."

이런 내용의 글들이 급속도로 퍼져 나갔다. 민재는 처음엔 무시하려 했지만, 상황은 점점 악화되었다. 그의 팬들도 혼란스러워했고, 구독자 수는 점차 줄어들기 시작했다. 민재는 큰 충격을 받았고, 스트레스와 불안에 시달렸다.

주현은 이 문제를 신속하게 파악하고, 민재와 함께 대응책을 논의했다.

"민재 씨, 이 상황을 그냥 두고 볼 수는 없어요. 빠르게 대처하지 않으면 더 큰 문제가 될 수 있습니다." 주현이 진지한 목소리로 말했다.

"그렇죠…. 하지만 어떻게 해야 할지 모르겠어요. 모든 게 다 무너지는 기분이에요." 민재는 걱정스러운 표정으로 대답했다.

주현은 최지영 팀장과 이성훈 본부장에게 상황을 보고한 뒤, 크리에이티브하이브 법무팀과 홍보팀을 소집했다. 그들은 상황을 면밀히 분석하고, 대응 방안을 세웠다.

"우선, 민재 씨의 팬들에게 진실을 알리는 것이 중요해요. 라이브 방송을 통해 조작된 사진과 영상에 대한 진실을 밝히고, 팬들의 질문에 성실히 답변하는 것이 좋을 것 같습니다." 주현이 제안했다.

민재는 주현의 제안을 받아들여 라이브 방송을 진행했다. 그는 담담하면서도 진솔하게 상황을 설명했다.

"여러분, 최근에 제가 과거에 찍은 사진과 영상들이 퍼지고 있는데, 이는 사실이 아닙니다. 모두 조작된 것이며, 저를 음해하려는 의도가 담겨 있습니다. 앞으로도 투명하게 소통하겠습니다." 민재는 진지한 목소리로 말했다.

라이브 방송 후에도 혼란은 쉽게 가라앉지 않았다. 많은 팬들이 민재를 믿고 지지하는 메시지를 남겼지만, 여전히 일부 팬들은 의심의 눈초리를 거두지 않았다.

주현은 최지영 팀장과 이성훈 본부장에게 경과를 보고했다.

"현재 민재 씨의 명예를 훼손하는 조작된 영상이 퍼지고 있습니다. 법무팀과 함께 법적 조치를 준비 중입니다." 주현이 말했다.

최지영 팀장은 심각한 표정으로 말했다. "법적 대응이 효과를 보려면 시간이 걸릴 수 있습니다. 민재 씨와의 계약을 유지할지 논의해야 합니다."

이성훈 본부장은 잠시 생각한 후 말했다. "민재 씨의 진정성을 믿고 지원하는 것이 맞다고 봅니다. 하지만, 대응이 효과가 없으면 상황을 다시 검토해야 합니다."

주현은 민재와의 협력을 계속하기로 결심했다. 동시에, 법무팀은 문제의 게시물과 댓글들을 수집하고, 조작된 영상임을 밝힌 증거를 확보했다. 이를 통해 민재의 명예를 회복하기 위한 공식 입장문을 준비했다.

"이번 사건은 그냥 넘어갈 수 없습니다. 사실이 아닌 내용을 유포하여 민재 씨의 명예를 훼손한 것에 대해 법적 조치를 취할 예정입니다." 주현은 단호하게 말했다.

법무팀은 증거 수집 과정에서 많은 어려움을 겪었다. 인터넷에 퍼진 영상과 사진들은 고도로 조작된 딥페이크였고, 이를 증명하기 위해서는 전문가의 분석이 필요했다. 주현은 딥페이크 전문가들과 협력하여 영상 속 조작의 흔적을 찾아냈다. 이 과정에서 많은 시간이 소요되었고, 팬들의 불안은 여전히 가라앉지 않았다.

민재와 주현은 SNS와 유튜브 커뮤니티를 통해 팬들과 지속적으로 소통하며, 상황을 투명하게 공개했다. 팬들은 민재의 진정성을 믿고 지지를 보냈지만, 여전히 불안한 분위기는 가시지 않았다.

그러던 중, 민재의 채널에 또 다른 충격적인 영상이 올라왔다. "이건 절대 용서받을 수 없는 행동이야. 민재가 이런 사람이었을 줄은 몰랐어."

이 영상은 이전보다 더 많은 조회수를 기록하며 빠르게 퍼져 나갔다. 민재는 점점 더 깊은 절망에 빠졌다. 주현은 이번에도 민재를 도울 방법을 고민했다. 그는 민재의 옛 팬클럽 회원들과 연락을 시도했다. 주현은 그들에게 민재를 도와달라고 부탁했다.

"민재가 이런 일을 겪고 있어요. 여러분의 도움이 필요합니다." 주현의 진심 어린 요청에 팬들은 적극적으로 나섰다. 그들은 민재의 과거 영상을 분석하고, 조작된 증거를 찾아내기 시작했다. 그러면서 점점 더 많은 증거들이 민재의 결백을 입증하기 시작했다.

그러나, 조작된 영상의 출처를 밝혀내는 일은 쉽지 않았다. 인터넷상에 퍼진 정보의 출처를 추적하는 데는 많은 시간이 걸렸다. 주현과 법무팀은 끈질기게 조사하여 문제의 시청자가 누군지 알아내기 위해 노력했다. 그 과정에서 민재는 큰 심리적 부담을 느꼈지만, 주현과 팬들의 지지를 통해 힘을 낼 수 있었다.

결국, 민재의 명예 회복과 법적 대응의 성과는 불투명한 상태로 남아 있었다. 민재는 주현의 지지에 감사했지만, 이 상황이 어떻게 해결될지 알 수 없었다. 모든 것이 불확실한 가운데, 민재와 주현은 앞으로의 대응을 고민하며 긴장감 속에 하루하루를 보내고 있었다.

민재는 여전히 불안감에 시달리며 주현에게 말했다. "앞으로 어떻게 해야 할까요, 주현 씨?"

주현은 민재의 어깨를 토닥이며 말했다. "우리가 할 수 있는 모든 방법을 동원해서 싸울 거예요. 진실은 결국 밝혀질 겁니다. 조금만 더 버텨보자구요."

이렇게 두 사람은 앞으로의 계획을 세우며, 다음 단계에 대한 준비를 시작했다. 민재의 명예 회복과 진실이 밝혀질 날을 기대하며, 그들의 싸움은 아직 끝나지 않았다.

29

민재의 유튜브 채널은 여전히 불안한 상황에 처해 있었다. 팬들의 혼란과 불신은 가라앉지 않았고, 민재는 점점 더 깊은 절망에 빠졌다. 주현은 크리에이티브하이브 팀과 함께 민재의 명예를 회복하기 위해 마지막 노력을 기울였다.

먼저, 법무팀은 디지털 포렌식 전문가들과 협력하여 조작된 영상의 출처를 추적했다. 그 과정에서 많은 난관이 있었지만, 끈질긴 조사 끝에 문제의 시청자가 특정되었다. 이 과정은 몇 주가 소요되었고, 법적 대응 준비에도 시간이 필요했다. 이와 동시에, 민재의 옛 팬클럽 회원들은 조작된 영상과 사진들을 분석하여 조작의 흔적을 찾아냈다. 그들은 이를 통해 민재의 결백을 입증하는 증거들을 모았다. 이 증거들은 법무팀의 조사 결과와 결합되어 민재의 명예를 회복하는 데 큰 역할을 했다. 주현은 법무팀과 함께 그 시청자에 대한 법적 조치를 준비했다.

"문제의 시청자를 찾아냈습니다. 이 사람은 여러 차례 조작된 영상을 퍼뜨린 기록이 있습니다." 법무팀의 변호사가 내용을 알렸다.

"좋아요. 이제 그를 법적으로 책임지게 해야 합니다." 주현은 단호한 목소리로 말했다.

크리에이티브하이브는 공식 입장문을 발표하고, 법적 조치를 취할 것임을 밝혔다. 이는 민재의 팬들에게 강력한 메시지를 전달했다. 동시에, 주현과 홍보팀은 민재의 진정성을 알리기 위한 캠페인을 더욱 강화했다.

"민재는 항상 팬들과 진정성 있게 소통해 왔습니다. 이번 사건을 통해 민재의 진실한 모습을 다시 한번 보여줄 수 있을 것입니다." 주현은 캠페인 영상을 소개하며 말했다.

팬들은 민재의 진정성을 믿고 지지를 보냈다. 그러나 여전히 일부 팬들은 의심의 눈초리를 거두지 않았다. 팬들의 지지가 단숨에 회복되지 않고, 서서히 변화하는 모습을 보여주기 위해 민재와 팬들의 지속적인 소통이 중요했다.

주현은 민재와 함께 라이브 방송을 준비했다. 이번에는 조작된 영상과 사진이 어떻게 조작되었는지, 그리고 이를 퍼뜨린 사람에 대한 법적 조치가 어떻게 진행되고 있는지 상세히 설명할 계획이었다.

"여러분, 이번 사건에 대해 다시 한번 말씀드리고자 합니다. 이 영상과 사진들은 모두 조작된 것입니다. 그리고 우리는 이를 조작한 사람을 찾아냈고, 법적 조치를 취할 예정입니다." 민재는 진지한 목소리로 말했다.

라이브 방송 후, 팬들은 민재의 진실성과 그를 지키려는 노력에 감동했다. 많은 사람들이 다시 민재를 지지하며, 그의 채널은 천천히 회복되기 시작했다. 팬들은 민재의 진정성을 확인하고, 그를 향한 지지를 표명하는 게시물과 영상을 계속해서 공유했다. 이는 민재의 긍정적인 이미지를 더욱 강화하는 데 큰 도움이 되었다.

 법무팀은 문제의 시청자에게 법적 조치를 취했으며, 이는 언론에 크게 보도되었다. 법적 절차는 신속히 진행되지 않았지만, 법무팀은 철저한 준비와 증거를 바탕으로 강력한 소송을 제기했다. 민재의 명예는 서서히 회복되었고, 그의 유튜브 채널은 이전보다 더 활발하게 성장했다. 오히려 이번 사건을 통해 민재의 투명한 태도와 성실함이 더욱 부각되었다.

 조사 결과, 문제의 시청자는 민재의 전 동료 스트리머였다는 사실이 밝혀졌다. 그는 민재와 경쟁 관계에 있었고, 민재의 성공을 시기한 나머지 조작한 영상을 유포한 것이었다. 이 사실이 알려지자, 팬들은 더욱 강하게 민재를 지지하며, 그의 명예 회복을 위해 더욱 노력했다.

 민재는 주현과 크리에이티브하이브 팀에게 감사의 인사를 전했다. "주현 씨, 정말 고마워요. 덕분에 다시 일어설 수 있었어요. 이번 일을 통해 많은 것을 배웠습니다."

 주현은 미소를 지으며 말했다. "민재 씨, 우리가 함께라면 어떤 어려움도 이겨낼 수 있어요. 앞으로도 함께 힘내서 더 좋은 콘텐츠를 만들어 봅시다."

민재의 성장은 멈추지 않았고, 그의 채널은 날로 번창해 갔다. 이제 민재와 주현은 새로운 도전을 준비하고 있었다. 그들의 협력은 더 강해졌고, 앞으로 어떤 일이 벌어질지 기대되었다.

30

며칠 뒤, 크리에이티브하이브 사무실은 여느 때와 다름없이 분주했다. 월간 회의가 열리는 날이었다. 김주현은 오전부터 바쁜 일정에 쫓기며 준비를 마치고 회의실로 향했다. 회의실에는 이미 팀원들이 자리를 잡고 있었고, 최지영 팀장과 이지안 대리도 각자의 자료를 정리하고 있었다. 이성훈 본부장이 힘찬 목소리로 회의를 시작했다.

"다들 바쁜 와중에도 참석해 줘서 고맙습니다. 오늘은 지난달의 성과와 앞으로의 계획을 공유하려 합니다. 그럼 시작해 볼까요?" 이성훈 본부장이 팀원들을 둘러보며 말했다.

최지영 팀장이 준비한 자료를 펼치며 보고를 시작했다. "먼저, 민재의 매니지먼트와 관련한 일은 성공적으로 마무리되었습니다. 유튜브 채널은 다시 안정적으로 성장 중이며, 팬들과의 소통도 긍정적인 반응을 얻고 있습니다. 특히 최근 구독자가 20% 증가했고, 평균 조회수도 30% 상승했습니다. 앞으로도 민재와 커뮤니케이션하면서 안정적인 환경을 계속 만들어 나갈 계획입니다."

이성훈 본부장은 고개를 끄덕이며 말했다. "좋습니다. 금번 민재와 같은 사례는 앞으로도 계속 생길 수 있습니다. 사전에 관리하는 프로세스를 지금과 같이 잘 운영하는 것도 중요하지만, 그보다 더 중요한 것은 사후에 신속하고 지혜롭게 대응하고 해결해 나가는 과정입니다. 다들 수고 많았습니다."

이어서, 이성훈 본부장은 준비해 둔 서류를 꺼내 들었다. "그리고 이제, 새로운 프로젝트에 대해 말씀드리겠습니다. 최근 '월드 푸드 크리에이션 페스티벌(WFCF)' 측에서 우리 크리에이티브하이브에 협력 요청을 해왔습니다. 다들 알다시피, 이 페스티벌은 20년 이상의 역사를 자랑하며, 매년 세계 각국의 셰프들이 모여 요리 시연과 팬들과의 소통을 진행하는 큰 행사입니다. 특히, 올해는 푸드 크리에이터 섹션을 새로 만들어, 다양한 요리법과 음식 문화를 소개하려 한다고 합니다. 그래서 이번 행사에서는 글로벌 푸드 크리에이터를 초대하는 게 중요한 과제입니다."

팀원들 사이에서 흥분된 속삭임이 퍼져 나갔다. 주현도 이 소식에 눈을 빛냈다. 이성훈 본부장은 계속해서 설명했다. "WFCF

가 우리에게 요청한 코너는 두 가지입니다. 첫 번째는 라이브 요리 시연으로, 현장에서 다양한 요리법을 선보이는 것입니다. 두 번째는 현장에 있는 팬들뿐만 아니라 온라인으로 실시간 소통을 갖는 코너입니다. 이 두 코너를 성공적으로 진행할 크리에이터를 섭외해야 합니다."

팀원들은 서로의 얼굴을 보며 잠시 고민에 빠졌다. 이지안 대리가 먼저 입을 열었다. "현재 저희와 협력하는 가장 인기 있는 푸드 크리에이터로는 맛집 탐방 전문가이자 음식 리뷰어로 활동하는 '푸드헌터 정민'이 있습니다. 유튜브 구독자 80만 명에 맛집 리뷰 영상은 평균 조회수 40만 회를 기록하고 있습니다. 라이브 방송에서도 평균 동시 접속자 수가 2천 명 이상으로 팬들과의 소통도 활발합니다. 다만 아쉬운 점은 요리 시연보다는 맛집 탐방과 리뷰에 더 강점이 있는 점입니다."

박소희 디자이너도 입을 열었다. "그다음으로는 요리 연구가 박현우 님도 있습니다. 박현우 님은 유튜브 구독자 50만 명을 보유하고 있으며, 요리 연구와 독특한 레시피는 평균 조회수 20만 회를 기록하고 있습니다. 팬들과의 소통보다는 연구 중심의 콘텐츠로 인기가 많지만, 준비된 발표에 강점이 있습니다."

주현이 조심스럽게 입을 열었다. "그분들에 비해 유명세는 좀 적지만 셰프준이 적합해 보입니다. Adfluence를 통해 이미 좋은 성과를 냈고, 요리 실력과 팬과의 소통 능력은 이미 잘 알려져 있습니다. 셰프준의 유튜브 구독자는 40만 명, 인스타그램 팔로워는 25만 명이고, 최근 영상은 평균 조회수 30만 회를 기록하고 있습니다. 라이브 방송에서도 평균 동시 접속자 수가 3만 명 이상입니다. 이러한 점에서 특히 이번 페스티벌에서 셰프준의 능력을 최대한 발휘할 수 있을 것 같습니다."

그 외에도 다양한 크리에이터들에 대한 의견이 오갔으나, 셰프준이 가장 적합하다는 의견이 점점 강해졌다. 최지영 팀장은 팀원들의 의견을 종합하여 이성훈 본부장에게 제안했다. "셰프준이 가장 적합해 보이네요. 본부장님, 셰프준을 이번 WFCF에 섭외하는 것이 어떨까요?"

이성훈 본부장은 잠시 생각한 후 고개를 끄덕였다. "좋습니다. 제 생각에도 셰프준이 이번 프로젝트에 큰 역할을 할 것으로 기대됩니다. 최지영 팀장님, 김주현 씨와 함께 이번 프로젝트를 맡아주시고, 이지안 대리와 박소희 디자이너도 지원해 주시기 바랍니다."

최지영 팀장은 고개를 끄덕이며 주현을 향해 말했다. "주현 씨, 셰프준 섭외를 맡아주세요. 이지안 대리는 온라인 홍보와 소통을 담당하고, 박소희 디자이너는 비주얼 콘텐츠와 관련된 부분을 준비해 주세요. 우리 팀의 역량을 최대한 발휘해서 성공적인 협력을 이루어 냅시다."

이성훈 본부장은 마무리하며 당부했다. "두 달이면 생각보다 충분하지 않은 일정입니다. 모두 최선을 다해 준비해 주시길 바랍니다."

회의가 끝나고, 주현은 자리에 돌아와 프로젝트 계획을 구상하기 시작했다. WFCF에서 셰프준과 함께할 생각에 기대가 부풀었다. 이번 기회는 주현에게도, 셰프준에게도 큰 도전이자 성장의 기회가 될 것이 분명했다.

31

"정말요? WFCF에 제가 초청된다고요?" 셰프준, 본명 한서준은 김주현의 전화를 받고 깜짝 놀라며 되물었다.

김주현의 목소리가 들려왔다. "네, 서준 씨. 이번 월드 푸드 크리에이션 페스티벌에 당신이 초청되었어요. 라이브 요리 시연과 팬과의 실시간 소통을 맡게 될 겁니다."

서준은 잠시 말을 잇지 못했다. "이런 기회가 나에게 올 줄이야…." 그는 깊은숨을 내쉬며 머릿속이 복잡해졌다. 그의 마음은 어린 시절로 돌아갔다. 어머니와 함께 주방에서 보내던 시간, 따뜻한 식사와 요리의 즐거움이 그를 요리사의 길로 이끌었다.

어머니가 정성스럽게 준비해 주던 집밥은 늘 특별했다. 어린 서준은 주방 한편에서 어머니를 유심히 지켜보았다. "서준아, 이 요리는 이렇게 하는 거란다." 어머니는 채소를 썰고, 양념을 추가하며 하나하나 자세히 설명해 주었다. 서준은 어머니의 손길을 보며 요리에 대한 흥미를 키웠다.

고등학교 때, 서준은 요리 경연대회에 처음 나갔다. 대회장이 떠오르며 가슴이 두근거렸다. 각종 재료들이 늘어선 긴 테이블 앞에 서 있던 서준은 긴장과 설렘이 뒤섞였다. 심사위원들의 날카로운 눈빛이 느껴졌지만, 그는 차분히 자신만의 요리를 완성했다. "한서준, 1등입니다!" 그의 이름이 불렸을 때의 떨림과 기쁨은 잊을 수 없는 순간이었다.

대학에서 요리를 전공하며, 학교와 호텔 레스토랑에서 다양한 요리를 배우고 경험하며 서준의 요리 세계는 더욱 넓어졌다. 그는 동기들과 함께 새로운 요리법을 연구하고, 밤새도록 요리 실습을 하며 실력을 쌓았다. 그 시절의 열정과 노력은 지금의 그를 만들어 준 밑거름이었다.

서준은 다짐하듯 말했다. "주현 씨, 정말 감사합니다. 이 기회를 최대한 살려서 멋진 요리를 선보이겠습니다."

김주현은 웃으며 말했다. "서준 씨라면 분명히 잘해낼 거에요. 필요한 준비나 도움이 있으면 언제든지 말씀해 주세요. 크리에이티브하이브가 적극적으로 지원할 테니까요. 그리고 아직은 외부에 공개하지 말아주세요. 준비가 다 끝나고 나서 발표할 예정입니다."

전화를 끊은 후, 서준은 주방으로 향했다. 주방 한편에 놓인 요리책들을 바라보며, 다양한 요리 아이디어를 떠올렸다. 그의 가슴은 설렘과 긴장으로 가득 차 있었다. "어떤 요리로 사람들의 마음을 사로잡을 수 있을까?" 서준은 혼잣말을 하며 요리책을 한 장 한 장 넘겼다. 그의 눈빛은 결의에 차 있었다.

그는 마음속으로 다짐했다. '이번 페스티벌에서 나의 모든 것을 보여주자. 나의 요리를 통해 사람들에게 행복을 전할 수 있도록 최선을 다하자.'

서준의 마음은 열정으로 가득 찼다. 그는 이번 기회를 통해 자신의 요리 세계를 널리 알리고, 더 많은 사람들에게 행복을 전할 수 있기를 기대했다. 그의 요리 실력과 팬들과의 소통 능력이 빛을 발할 시간이 다가오고 있었다.

32

서준은 김주현과의 통화 후, WFCF 참여 준비에 여념이 없었다. 둘은 이미 전화로 여러 아이디어를 나누었고, 오늘은 최종 메뉴 선정을 위해 크리에이티브하이브 사무실에서 만나기로 했다.

크리에이티브하이브 사무실은 밝고 활기찬 분위기로, 곳곳에 포스터와 광고 자료들이 벽을 장식하고 있었다. 서준은 약간 긴장한 듯했지만, 주현이 따뜻하게 맞이하며 긴장을 풀어주었다.

"서준 씨, 이번 프로젝트가 우리에게 큰 기회가 될 겁니다. 아이디어를 좀 더 구체화해 봅시다." 주현이 서준을 반갑게 맞으며 말했다.

서준은 미소를 지으며 대답했다. "네, 저도 정말 기대하고 있어요. 먼저, 메뉴 아이디어를 두 가지로 좁혀봤습니다."

주현이 고개를 끄덕이며 노트를 펼쳤다. "좋아요. 어떤 아이디어인지 들어볼게요."

서준은 첫 번째 아이디어를 설명하기 시작했다. "첫 번째는 한국의 분식을 주제로 한 메뉴입니다. 최근 뉴욕을 비롯한 미국과 유럽에서 한국 분식집이 인기를 끌고 있다는 소식을 들었어요. 그래서 김밥, 떡볶이, 라면을 묶어서 분식세트로 선보이는 걸 생각해 봤어요. 이 세 가지는 모두가 좋아하는 음식이고, 현장에서 바로 조리해 제공하기도 좋아요."

주현이 메모를 하며 고개를 끄덕였다. "좋은 아이디어네요. 김밥, 떡볶이, 라면은 다양한 맛을 제공할 수 있어서 관중들도 좋아할 것 같아요. 특히, 김밥은 다양한 재료를 넣어 변화를 줄 수 있고, 떡볶이도 맵기 조절이 가능해서 다양한 입맛을 만족시킬 수 있죠. 라면은 즉석에서 끓여서 제공하면 큰 호응을 얻을 수 있을 거예요."

서준은 두 번째 아이디어를 제안했다. "두 번째는 비건 스타일의 비빔밥입니다. 비건 식단이 요즘 인기를 끌고 있잖아요. 그래서 채소와 두부를 사용해 누구나 즐길 수 있는 비건 비빔밥을 준비하면 좋을 것 같아요. 비빔밥은 다양한 재료를 한 그릇에 담아내는 만큼 시각적으로도 매력적일 거예요."

주현은 눈을 반짝이며 말했다. "정말 흥미로운 아이디어네요! 비건 비빔밥은 건강하고 다양한 색감으로 시각적으로도 매력적일 거예요. 또, 비건 음식에 대한 관심이 커지고 있어서 트렌드에도 잘 맞을 것 같아요."

서준은 고개를 끄덕이며 동의했다. "네, 그렇게 하면 다양한 관중들의 입맛을 모두 만족시킬 수 있을 것 같아요."

주현은 흥분된 목소리로 말했다. "셰프준, 정말 기대돼요. 이 두 가지 메뉴 모두 관중들이 좋아할 거라고 확신해요. 이제, 현장에서 관중들에게 어떻게 제공할지에 대한 구체적인 계획도 세워봅시다."

서준은 잠시 생각한 후 말했다. "분식세트는 작은 종이 트레이에 나누어 제공하면 좋을 것 같아요. 김밥은 한입 크기로 잘라서, 떡볶이는 소스와 함께 적당한 양으로 담고, 라면은 작은 컵라면 형태로 제공하면 편할 것 같아요. 비건 비빔밥은 각 재료를 미리 준비해 두고, 주문 즉시 빠르게 담아서 제공할 수 있도록 하죠."

주현은 고개를 끄덕이며 말했다. "좋은 생각이에요. 이렇게 하면 관중들이 편하게 음식을 즐길 수 있겠네요. 그리고 요리 시연 중간중간에 관중들과 소통하는 시간도 가질 수 있으면 좋겠어요. 요리 과정에서의 팁이나 비하인드 스토리를 공유하면서 팬들과의 유대감을 쌓아봅시다."

서준은 주현의 말을 듣고 결심을 다졌다. "네, 최선을 다해서 준비하겠습니다. 주현 씨도 계속해서 아이디어와 피드백을 주세요. 함께 준비하면 더 좋은 결과를 얻을 수 있을 거예요."

"물론이죠. 언제든지 도울 준비가 되어 있으니, 필요한 게 있으면 바로 연락 주세요. 그리고 여전히 이 계획은 외부에 공개하지 말아주세요. 최종 준비가 완료될 때까지는 비밀로 해야 해요."

서준은 미소 지으며 답했다. "알겠어요. 철저히 준비하고, 페스티벌에서 멋진 요리를 선보이겠습니다."

그날 이후, 서준은 매일같이 요리 연습과 준비에 몰두했다. 새로운 레시피를 개발하고, 팬들과의 소통을 강화하기 위해 다양한 콘텐츠를 기획했다. 주현과의 미팅도 꾸준히 이어가며, 계획을 점검하고 보완해 나갔다. WFCF를 향한 서준의 열정은 점점 더 뜨거워지고 있었다.

33

지난 두 달 동안 셰프준과 김주현을 비롯한 최지영 팀장, 그리고 이지안 대리는 WFCF를 위해 철저히 준비했다. 매일같이 요리 연습과 콘텐츠 기획에 몰두하며, 팀원들과 아이디어를 나누고 계획을 점검했다. 덕분에 메뉴와 제공 방식, 관객과의 소통에 대한 시뮬레이션을 완벽하게 준비할 수 있었다. 행사 2주일 전부터는 셰프준도 팬들에게 행사 참여를 알리고 홍보했다.

행사 이틀 전, 셰프준 한서준과 김주현, 최지영 팀장, 이지안 대리는 WFCF가 열리는 '피어 36'에 도착했다. 뉴욕 이스트 리버에 위치한 피어 36은 대규모 이벤트 공간으로, 다양한 문화 행사와 페스티벌이 열리는 곳이었다. 이틀에 걸쳐 답사와 준비를 마친 이들은 마지막 점검에 나섰다.

피어 36 입구에 도착하자마자, 서준은 이미 많은 팬들이 그를 기다리고 있는 것을 보았다. 팬들은 손팻말과 플래카드를 들고 환호하며 서준을 맞이했다.

"셰프준! 환영해요!" "뉴욕에서 만나서 너무 기뻐요!" 팬들의 응원 소리에 서준은 놀라며 미소 지었다. 그의 가슴은 기쁨과 감동으로 벅차올랐다.

"여러분, 여기까지 와주셔서 정말 감사합니다. 여러분의 응원이 큰 힘이 됩니다." 서준은 팬들에게 감사의 인사를 전했다. 그의 눈빛에는 감동과 감사가 담겨 있었다.

팬들과 잠시 소통을 나눈 후, 서준과 팀원들은 행사장 내부로 들어갔다. 이지안 대리는 체크리스트를 들고 현장을 꼼꼼히 점검하기 시작했다. 그녀의 표정에는 진지함과 책임감이 엿보였다.

"여기는 팬들과 소통을 위한 공간입니다. 요리 시연 중간에 팬들이 직접 체험할 수 있는 부스를 설치했어요. 비빔밥 재료들은 미리 손질해 두었고, 주문 즉시 빠르게 담아 제공할 수 있도록 준비해 두었습니다." 이지안이 말했다.

서준은 이지안의 설명을 들으며 고개를 끄덕였다. "좋아요. 이렇게 하면 빠르게 제공할 수 있겠네요."

이지안은 이어서 동선을 점검했다. "동선도 체크해서 관중들이 편리하게 이동할 수 있도록 배치했습니다. 김밥, 떡볶이, 라면은 환경을 고려해 생분해성 일회용 컵과 트레이에 나누어 제공할 수 있게 준비했어요."

서준은 이지안의 철저한 준비에 감탄하며 말했다. "정말 철저하게 준비해 주셨네요. 친환경 용기를 사용하는 것도 좋은 생각이에요. 환경을 고려한 준비를 하다니, 멋져요."

이지안이 미소 지으며 답했다. "네, 많은 사람들이 모이는 행사인 만큼, 최대한 친환경적으로 진행하고자 했습니다."

최지영 팀장이 다가와 말했다. "이지안 대리, 라이브 방송 테스트는 잘 됐나요?"

이지안이 노트북 화면을 보여주며 대답했다. "네, 실시간 라이브 방송도 테스트를 마쳤습니다. 각종 콘텐츠 중계와 제작도 문제없이 진행될 예정입니다. 현장에서 발생할 수 있는 모든 변수에 대비해 준비를 마쳤습니다."

주현이 미소 지으며 말을 이었다. "사실 라이브 방송 테스트 중에 작은 문제가 있었습니다. 무선 인터넷 연결이 불안정해서 방송이 자주 끊겼습니다. 하지만 이지안 대리님과 함께 신속하게 해결하고, 추가로 예비 연결도 준비해 두었습니다."

이지안이 고개를 끄덕이며 덧붙였다. "맞습니다. 예상치 못한 상황이 발생할 때 대처할 수 있도록 만반의 준비를 했습니다. 그 외에도 카메라 앵글과 음향 체크도 여러 번 반복해서 최적의 상태를 유지할 수 있도록 했습니다."

"고생 많았어요, 이지안 대리, 주현 씨." 최지영 팀장은 이어서 셰프준을 바라보며 물었다. "셰프준 씨, 준비된 메뉴와 재료는 모두 확인하셨죠?"

서준은 자신 있게 대답했다. "네, 모든 재료와 메뉴는 완벽하게 준비되어 있습니다."

최지영 팀장은 마지막으로 주현을 바라보며 물었다. "주현 씨, 팬 소통 부분은 이상 없나요?"

주현이 대답했다. "네, 모두 이상 없습니다. 준비한 대로 순조롭게 진행될 겁니다."

최지영 팀장은 고개를 끄덕이며 말했다. "좋습니다. 마지막까지 최선을 다해서 준비합시다. 모두의 노력 덕분에 이번 행사는 분명 큰 성공을 거둘 것입니다."

서준은 팀원들의 지원에 감사하며 말했다. "네, 최선을 다하겠습니다. 함께 힘을 합쳐 멋진 행사를 만들어 봅시다."

그날 밤, 서준은 마지막으로 준비를 점검하며 내일 있을 페스티벌을 떠올렸다. 그의 마음은 기대와 설렘으로 가득 찼다. 서준은 자신에게 다짐했다. '내일은 모든 걸 쏟아붓자. 팬들과 함께하는 이 시간이 정말 소중하니까.'

34

WFCF 행사 당일, 페스티벌은 서준의 분식세트와 비건 비빔밥으로 대박을 터뜨렸다. 첫 번째 세션이 시작되자마자 사람들은 긴 줄을 서기 시작했고, 이내 현장은 열기로 가득 찼다. 서준이 요리한 분식세트를 손수 트레이에 담아주는 모습에 팬들과 관객의 환호를 받았다.

"셰프준! 너무 맛있어요!" 한 팬이 라면을 먹으며 소리쳤다.

서준은 팬들의 반응에 미소 지으며 더욱 열심히 요리했다. "여러분이 즐겨주셔서 저도 너무 기쁩니다. 오늘은 특별히 준비한 떡볶이도 꼭 맛보세요!"

그 순간, 인스타그램과 유튜브 라이브를 통해 현장의 생생한 모습이 전 세계로 퍼져 나갔다. 다른 크리에이터와 인플루언서들도 서준의 음식에 찬사를 보내며 포스팅을 올렸다.

"이 떡볶이 진짜 최고예요! 셰프준, 당신은 진정한 요리 천재입니다!" 유명 인플루언서가 인스타그램 라이브에서 말했다.

주현은 라이브 방송의 성공적인 중계를 확인하며 이지안에게 말했다. "이지안 대리님, 이번 행사 정말 대박이에요. 서준 씨 덕분에 모두가 즐거워하고 있어요."

이지안이 미소 지으며 답했다. "네, 셰프준이 정말 잘해주고 있어요."

서준은 주현의 반응에 고무되어 더욱 열심히 요리했다. 팬들이 음식을 즐기는 모습을 보며, 서준은 떡볶이를 맛보게 권유했다. "떡볶이도 맛있으니 꼭 드셔보세요!"

"이 떡볶이 정말 맛있어요! 어떻게 이렇게 맵고도 맛있을 수 있죠?" 팬들이 서준에게 질문을 던지자, 서준은 웃으며 답했다. "고추장이 핵심이에요. 고추장은 한국식 매운 고추 페이스트로, 매운맛과 깊은 풍미를 더해줍니다. 설탕과 함께 적절한 비율로 섞으면 매운맛과 단맛이 조화를 이루죠."

3시간 동안 이어진 음식 제공은 어마어마한 인기를 끌며 재료가 동날 지경에 이르렀다. 팬들은 서준의 요리를 맛보기 위해 끝없이 줄을 섰고, 온·오프라인 팬미팅 역시 대성황이었다.

"셰프준, 정말 감동적이에요. 직접 요리하는 모습을 보니 더 팬이 되었어요!" 한 팬이 눈물을 글썽이며 말했다.

서준은 팬들과 소통하며 더욱 열정적으로 요리했다. "여러분과 함께할 수 있어서 저도 정말 행복해요. 앞으로도 더 좋은 요리로 보답하겠습니다."

팬미팅에서 서준은 요리에 얽힌 비하인드 스토리를 나누며 팬들과 소통했다. "사실 오늘 준비한 떡볶이는 어머니께 배운 레시피예요. 어릴 때 어머니가 만들어 주신 떡볶이는 저에게 큰 위로가 되었죠. 그래서 여러분과 그 맛을 나누고 싶었어요."

팬들은 서준의 이야기에 감동하며 박수를 보냈다. "셰프준, 정말 감동적이에요. 어머니의 사랑이 담긴 음식이라니, 더 특별하게 느껴져요."

행사가 끝난 후, 서준은 팬들과 함께 기념사진을 찍으며 감사의 인사를 전했다. "오늘 정말 감사했습니다. 여러분 덕분에 잊지 못할 하루가 되었습니다."

이날 엑스를 비롯한 인스타그램 등에서 셰프준이 화제가 되었고, 김밥과 떡볶이에 대한 어마어마한 관심이 쏠렸다. 실시간으로 올라오는 포스팅과 댓글들로 서준의 인기는 더욱 높아졌다. 셰프준의 세션이 있었던 행사 첫날 이후에도 행사 기간 사흘 내내, 미국 각지에서 분식에 대한 인기가 급증하는 현상이 나타났다. 뉴욕뿐만 아니라 로스앤젤레스, 시카고 등 주요 도시에서도 한국 분식을 찾는 사람들이 늘어나면서 서준의 레시피가 담긴 포스팅이 폭발적으로 공유되었다.

행사 마지막 날 저녁, 서준과 크리에이티브하이브 팀은 행사의 성공을 축하하며 회식을 하고 있었다. 그때, 최지영 팀장의 휴대폰이 울렸다. 통화가 끝난 후, 최지영은 모두에게 중요한 소식을 전했다.

"여러분, 좋은 소식이 있어요. WFCF 행사를 준비하면서 주현 씨가 밀키트 제작을 위해 여러 기업에 제안을 보냈었잖아요. 오늘 낮에 글로벌 유통기업인 프레시 유니온에서 회사로 연락이 왔습니다. 서준 씨와 함께 분식 밀키트를 개발하고 싶다고 합니다. 모레 구체적인 제안을 논의하기로 했어요."

서준은 놀라며 눈을 반짝였다. "정말요? 그럼 우리 요리가 전 세계로 퍼질 수 있는 기회가 생긴 거네요."

팀원들 모두 환호하며 서준을 축하했다. 주현은 서준의 어깨를 두드리며 말했다. "이제부터가 시작입니다, 서준 씨. 더 큰 무대가 기다리고 있어요."

35

프레시 유니온은 글로벌 식품 유통기업으로, 신선한 식품을 전 세계에 공급하는 데 중점을 두고 있다. 지속 가능한 농업과 친환경적인 유통 방식을 강조하며, 다양한 국가의 식문화와 요리법을 소개하는 데 주력하고 있다. 프레시 유니온은 최신 기술을 활용한 유통망을 갖추고 있어 고객에게 최고의 신선도를 유지한 식품을 제공하고 있으며, 로컬의 가치를 중요하게 생각해

각 지역의 대표적인 음식을 개발하고 있다.

크리에이티브하이브와 셰프준이 프레시 유니온과의 첫 미팅을 하는 날이었다. 서준은 약간 긴장한 듯 보였지만, 주현과 최지영 팀장의 격려에 힘입어 자신감을 가졌다. 미팅은 뉴욕의 프레시 유니온 본사에서 열리기로 했다.

프레시 유니온의 회의실은 넓고 현대적인 인테리어로 꾸며져 있었다. 대형 스크린과 최신 회의 시스템이 갖춰져 있어 글로벌 기업의 면모를 보여주었다. 미팅은 프레시 유니온 로컬 푸드 팀장인 마크 스미스가 주재했다.

"환영합니다, 크리에이티브하이브 팀. 이번 협업이 매우 기대됩니다." 마크 스미스가 미소 지으며 말했다.

최지영 팀장이 인사하며 답했다. "초대해 주셔서 감사합니다. 저희도 이번 프로젝트에 큰 기대를 걸고 있습니다. 셰프준의 요리를 통해 전 세계에 한국 분식을 알릴 수 있게 되어 영광입니다."

마크는 서준을 바라보며 말했다. "셰프준, 당신의 요리는 이미 많은 사람들에게 큰 사랑을 받고 있습니다. 오늘은 함께 밀키트 레시피를 개발하고, 마케팅 전략을 논의해 보죠."

서준은 고개를 끄덕이며 대답했다. "감사합니다. 저도 이번 프로젝트를 통해 더 많은 사람들이 한국 분식을 즐길 수 있게 되길 바랍니다."

미팅은 세 가지 주요 주제로 진행되었다. 첫 번째는 밀키트 레시피 개발이었다. 서준은 자신의 요리 철학과 레시피 아이디어를 공유하며, 프레시 유니온의 개발팀과 함께 논의했다.

"저는 김밥, 떡볶이 세트를 개발하고 싶습니다. 각 재료는 신선도를 유지하면서도 손쉽게 조리할 수 있도록 구성하는 게 중요하다고 봅니다. 특히, 포장재 같은 것도 환경에 영향을 최소한으로 주려 합니다." 서준이 설명했다.

프레시 유니온의 개발팀은 서준의 설명을 들으며 적극적으로 의견을 교환했다. "네, 저희가 갖고 있는 재료 가공과 조리에 대한 노하우라면 문제없으리라 봅니다. 또한, 글로벌 시장을 겨냥해 다양한 맛 변형을 고려해 볼 수 있을 것 같습니다. 매운 맛의 강약을 조절하거나, 김밥 재료를 다르게 하는 것도 매력적으로 느껴집니다."

두 번째 주제는 마케팅 전략이었다. 최지영 팀장은 크리에이티브하이브의 마케팅 경험을 살려 전략을 제안했다. "밀키트 출시와 동시에 소셜 미디어 캠페인을 통해 글로벌 인플루언서들과 협업하는 것을 제안합니다. 셰프준의 팬층을 활용해 바이럴 마케팅을 강화할 수 있습니다."

마크 스미스는 이 제안에 깊이 공감하며 말했다. "좋은 생각입니다. 특히, 인스타그램과 유튜브에서의 활동이 중요할 것입니다. 이를 통해 소비자들에게 제품의 매력을 효과적으로 전달할 수 있을 것입니다."

김주현은 고개를 끄덕이며 추가적인 제안을 덧붙였다. "저는 인플루언서 경력을 바탕으로 여러 유명 인플루언서와의 네트워크를 구축해 왔습니다. 특히, 셰프준과 친분이 있는 인플루언서들과 협업해 초기 홍보를 강화할 수 있을 것입니다. 예를 들어, 셰프준과 함께 요리 방송을 진행하거나, 인플루언서들이 밀키트를 직접 사용해 리뷰하는 콘텐츠를 제작하는 방안을 생각해 봤습니다."

마크는 주현의 제안에 관심을 보이며 물었다. "그렇다면 구체적으로 어떤 인플루언서들과 협업할 계획인가요?"

주현은 준비해 온 자료를 꺼내며 설명했다. "현재 인스타그램과 유튜브에서 활동 중인 푸드 크리에이터 중 몇 명을 선정했습니다. 그들은 모두 셰프준과의 협업 경험이 있거나, 셰프준의 팬층과 유사한 타깃을 가지고 있습니다. 또한, 밀키트를 활용한 요리 챌린지를 시작해 참여를 유도할 계획입니다. 이와 함께, 각 인플루언서들이 자신의 채널에서 밀키트를 활용한 요리 콘텐츠를 제작하고, 이를 해시태그와 함께 공유하면 자연스럽게 바이럴 효과를 얻을 수 있을 것입니다."

마크는 만족스러운 표정을 지으며 말했다. "훌륭한 계획입니다. 이 방법을 통해 초기 시장 반응을 빠르게 얻을 수 있을 것 같습니다. 또한, 밀키트의 신선도와 품질을 강조하는 콘텐츠도 중요할 것입니다."

최지영 팀장은 주현의 제안을 바탕으로 추가 전략을 제시했다. "밀키트 출시 전, 소수의 인플루언서들에게 밀키트를 미리 제공해 피드백을 받고, 이를 반영한 콘텐츠를 제작하면 신뢰성을 높일 수 있습니다. 또한, 라이브 방송을 통해 셰프준이 직접 밀키트를 소개하고 요리하는 모습을 보여주면 더욱 효과적일 것입니다."

마크는 고개를 끄덕이며 동의했다. "좋습니다. 그럼, 이 계획을 바탕으로 세부 사항을 구체화하고, 각 팀의 역할을 명확히 나눠서 실행해 봅시다."

세 번째 주제는 유통과 홍보였다. 이지안 대리는 프레시 유니온의 유통망을 활용해 어떻게 효과적으로 제품을 공급할지 논의했다. "전 세계 주요 도시에 위치한 프레시 유니온의 유통센터를 활용해 신속하고 효율적인 공급이 가능하리라 봅니다. 또한, 지역별 특성에 맞춘 프로모션도 고려해 보면 좋겠습니다."

마크는 이지안의 의견을 듣고 고개를 끄덕였다. "맞습니다. 유통망과 프로모션은 매우 중요합니다. 저희 프레시 유니온 글로벌 유통망을 통해 더 많은 소비자들에게 접근할 수 있을 것입니다."

회의 말미에 마크가 앞으로의 진행 계획을 간단히 리뷰했다. "우선, 세프준과 개발팀이 함께 레시피를 최종 확정하고, 포장재를 포함한 친환경 밀키트 제작을 시작할 것입니다. 동시에, 크리에이티브하이브 팀은 인플루언서 협업과 소셜 미디어 캠페인 전략을 구체화해 주세요. 유통팀은 각 지역별 유통망을 최적화하고, 프로모션 계획을 세울 것입니다. 2주 후에 콘퍼런스 콜로 진행 상황을 업데이트하고, 추가 논의를 이어가겠습니다."

미팅이 끝난 후, 서준은 크리에이티브하이브 팀과 함께 회의실을 나서며 말했다. "오늘 정말 유익한 시간이었습니다. 프레시 유니온과 함께 하는 이 프로젝트가 정말 기대됩니다."

주현은 서준을 바라보며 말했다. "서준 씨, 앞으로 많이 힘들겠지만, 우리는 해낼 수 있을 거예요."

최지영 팀장도 미소 지으며 덧붙였다. "함께 힘을 합쳐 멋진 결과를 만들어 봅시다. 프레시 유니온과의 협업이 성공적으로 이루어질 거라 믿습니다."

모두가 긍정적인 에너지를 느끼며 회사를 나서며, 앞으로의 여정에 대한 기대감으로 가득 차 있었다.

36

마크 스미스는 셰프준의 최종 레시피에 대해 매우 만족하고 있었다. "정말 훌륭합니다, 셰프준. 이 레시피는 우리 기대 이상이에요." 첫 미팅 이후로 두 달이 흘렀고, 양 사는 각각의 준비를 진행해 왔다. 콘퍼런스 콜도 여러 차례 진행되었으며, 얼마 전에 최종 보완한 레시피로 프레시 유니온의 제품 평가단 그룹을 통해 테스트한 결과, 상당히 높은 점수를 받았다.

오늘 미팅에서는 최종 제품 이름을 확정하기로 되어 있었다. 마크가 회의를 시작했다. "우리는 이미 여러 후보 아이디어를 논의했습니다. 오늘은 최종 결정을 내려야 합니다. 현재 가장 유력한 후보는 'Chef June's Korean Bite'입니다."

서준이 미소를 지으며 말했다. "이 이름이 정말 마음에 듭니다. 한국 음식의 매력을 잘 전달할 수 있을 것 같아요."

최지영 팀장도 동의했다. "네, 'Chef June's Korean Bite'는 글로벌 시장에서도 이해하기 쉬운 이름입니다. 한국 음식의 특징을 잘 살릴 수 있을 것 같습니다."

주현이 추가했다. "한글로는 '셰프준의 한국 한입'으로 번역할 수 있습니다. 이 이름은 한국 소비자들에게도 친숙하게 다가갈 것입니다."

프레시 유니온의 개발팀장이 동의하며 말했다. "맞습니다. 현재 세계적으로 한국의 모든 것이 트렌드를 이끌고 있습니다. 그래서 한글 표기도 패키지 디자인에 도입하는 것이 좋을 듯합니다. 이는 글로벌 시장에서도 매력적인 요소가 될 것입니다."

마크가 고개를 끄덕였다. "좋습니다. 그럼 'Chef June's Korean Bite'로 확정하고, 한글 표기도 함께 하는 것으로 합시다. 다른 진행 상황은 어떤가요?"

프레시 유니온의 개발팀장이 보고했다. "현재 레시피는 완성되었고, 포장 디자인도 최종 검토 중입니다. 신선도를 유지하기 위해 냉장 유통 체계를 개선하는 방안도 논의 중입니다. 생분해성 포장재의 비용 문제를 해결하기 위해 원가 절감과 대체 재료 사용 방안을 고려하고 있습니다."

최지영 팀장이 말했다. "패키지 디자인에 대해 조금 더 설명해 주시겠어요? 저희가 마케팅 자료와 잘 맞추기 위해서요."

프레시 유니온의 개발팀장이 대답했다. "생분해성 포장재를 사용하여 친환경적이면서도 시각적으로 매력적인 디자인을 구현하고 있습니다. 또한, 포장 디자인은 브랜드 아이덴티티를 강화하고 소비자들에게 신뢰감을 줄 수 있도록 신경 쓰고 있습니다. 오늘 확정한 네이밍으로 한글 디자인과 함께 사흘 뒤에 시안 공유하겠습니다."

김주현은 인플루언서 마케팅 진행 상황을 공유했다. "현재 몇몇 유명 인플루언서와의 협업을 준비하고 있습니다. 인플루언서 모두 이번 프로젝트에 대해 매우 긍정적이며, 캠페인 준비에 차질 없이 진행하고 있습니다. 다음 주에 인플루언서 명단을 확정 짓고 구체적인 계획을 공유드릴 예정입니다."

마크 스미스는 이 제안에 깊이 공감하며 말했다. "좋은 생각입니다. 이를 통해 소비자들에게 제품의 매력을 효과적으로 전달할 수 있을 것입니다. 다음 주에는 구체적인 캠페인 일정과 인플루언서 명단을 확정 짓도록 합시다."

마크가 마지막으로 말했다. "예정대로 6주 뒤에 론칭하는 일정으로 모두 준비하고 있습니다. 각 파트별로 계획대로 잘 준비해 주시기 바랍니다. 2주 후에 콘퍼런스 콜로 진행 상황을 업데이트하고, 추가 논의를 이어가겠습니다. 모두 수고 많으셨습니다."

서준은 팀원들을 바라보며 말했다. "여러분 덕분에 여기까지 올 수 있었습니다. 앞으로도 최선을 다해 함께하겠습니다."

모두가 밝은 표정으로 회의를 마쳤다. 앞으로 다가올 도전에 대한 열정과 자신감이 팀 전체에 가득 차 있었다.

37

셰프준의 분식세트 'Chef June's Korean Bite'는 출시 전부터 엄청난 인기를 끌고 있었다. 유명 인플루언서들에게 사전에 제공된 Korean Bite는 품평에서 극찬을 받으며, 유튜브와 인스타그램에서 큰 화제를 모았다. 각지의 시청자들은 Korean Bite를 어디서 구할 수 있냐며 문의가 쇄도했다.

출시 첫날, 뉴욕을 비롯한 미국 각지의 프레시 유니온 매장에서 하루 만에 모든 물량이 매진되었다. 사람들이 줄을 서서 기다리는 모습이 뉴욕의 주요 신문과 뉴스에 보도될 정도로 큰 이슈가 되었다. 매장에서 물량이 소진되자 미처 제품을 구하지 못한 사람들이 온라인으로 몰려들어, 온라인 주문도 폭발적으로 증가했다.

일주일 뒤, 유럽에서 유통을 시작하자 주문량이 폭발적으로 증가했다. 런던, 파리, 베를린 등 주요 도시에서는 이미 예약이 끝났다는 소식이 전해졌다. 이는 김주현의 인플루언서 네트워크를 통한 사전 바이럴 마케팅 덕분이었다. 주현은 미국과 유럽 각지의 인플루언서들과 협력해 Korean Bite를 소개하고, 그들의 팔로워들에게 알리는 작업을 성공적으로 진행했다.

EatWithEmma는 자신의 유튜브 채널에서 Korean Bite를 시식하며 환호했다. "여러분, 이 오리지널 떡볶이는 정말 최고예요! 로제 떡볶이와 허브 김밥도 완벽하게 맛있어요!" 그녀의 영상은 단 하루 만에 수백만 조회수를 기록하며 인기를 끌었다.

인스타그램 푸드 블로거 HealthyBites는 Korean Bite를 소개하며 말했다. "이 슈퍼푸드 김밥은 정말 혁신적이에요. 신선한 재료와 완벽한 맛 조합!" 그녀의 포스팅은 수많은 댓글과 좋아요를 받으며 화제를 모았다.

셰프준은 직접 자신의 유튜브 채널에 Korean Bite를 소개하는 영상을 올렸다. 그는 준비 과정과 비하인드 스토리를 공유하며 팬들에게 감사의 인사를 전했다. "여러분 덕분에 이 모든 것이 가능했습니다. 앞으로도 더 많은 분들에게 한국 음식을 소개할 수 있도록 최선을 다하겠습니다."

또한, 셰프준은 미국의 유명 연예인 'Lexi Heart'와 함께 합동 영상을 제작했다. Lexi Heart는 식생활과 건강의 아이콘으로 알려져 있으며, 영상에서 두 사람은 함께 Korean Bite를 시식하며 즐거운 대화를 나누었다. "이 김밥은 정말 놀랍네요! 슈퍼 푸드 김밥이라니, 이런 건강한 맛은 처음이에요!" Lexi Heart의 칭찬에 셰프준은 미소를 지으며 대답했다. "한국 음식의 매력을 이렇게 전할 수 있어서 정말 기쁩니다."

얼마 뒤, 마크 스미스는 첫 실적을 공유하는 자리에서 말했다. "여러분, 이번 프로젝트는 프레시 유니온 로컬 푸드 부문에서 최고의 실적을 기록했습니다. 이 정도 반응은 처음입니다. 정말 대단합니다." 그는 이어서 셰프준과 크리에이티브하이브 팀 모두에게 감사를 표하며 덧붙였다. "특히 김주현 씨, 인플루언서 네트워크와 바이럴 마케팅에서 큰 역할을 해주셔서 감사합니다. 앞으로도 더 많은 성공을 함께 만들어 가길 바랍니다."

김주현은 겸손하게 대답했다. "모두의 노력이 있었기에 가능한 일이었습니다. 앞으로도 최선을 다하겠습니다."

Korean Bite 출시의 대성공과 그 후의 인기를 보며, 서준과 크리에이티브하이브 팀은 큰 성취감을 느꼈다. 이들은 앞으로 더 많은 사람들에게 한국의 맛을 전하기 위해 계속해서 노력할 것을 다짐했다. 서준은 미소를 지으며 말했다. "앞으로 더 많은 사람들에게 한국 음식을 알릴 수 있도록 최선을 다하겠습니다."

38

Korean Bite 프로젝트 이후, 김주현은 새로운 인플루언서를 발굴하는 데 시간을 쏟고 있었다. Adfluence를 통해 수많은 신인 인플루언서들을 모니터링하던 중, 한 인플루언서가 눈에 띄었다. 그녀의 이름은 'Ariana Lune'이었고, 뛰어난 편곡과 보컬 실력뿐만 아니라 챌린지에 특화된 댄스 실력까지 겸비한 다재다능한 틱톡 크리에이터였다.

아리아나 룬의 틱톡 프로필을 처음 접한 순간, 주현은 그녀의 독창성과 음악적 재능, 그리고 춤 실력에 깊은 인상을 받았다. 그녀의 영상은 단순한 커버곡이 아니라, 독특한 편곡과 감미로운 목소리로 팬들의 마음을 사로잡았다. 특히, 그녀의 인기 영상 중 하나는 자신만의 스타일로 편곡한 곡에 맞춰 춤을 추는 챌린지 영상이었고, 팬들은 열광적인 반응을 보였다.

"와, Ariana Lune! 이 곡 정말 최고야!"
"언제 데뷔해요? 진짜 앨범 나오면 바로 살 거야!"
"이 노래와 춤 너무 감동적이에요. 더 많은 음악 기대할게요!"

팬들의 이러한 반응을 보면서 주현은 아리아나 룬의 가능성을 확신하게 되었다. 그녀의 독창성과 다재다능함이 다른 크리에이터들과 차별화된 요소로 다가왔다. 주현은 자신의 직업상 많은 인플루언서를 보아왔지만, 아리아나의 창의적인 콘텐츠와 그녀가 팬들과 소통하는 방식은 특별했다. 그녀의 열정과 에너지가 화면 너머로 전달되는 듯했다. 또한, 그녀가 음악과 춤을 결합하여 새로운 트렌드를 만들어 내는 능력은 큰 가능성을 보여주었다. 주현은 아리아나가 단순한 인플루언서가 아니라, 더 큰 무대에서 성공할 잠재력을 가진 아티스트라고 확신하게 되었다.

그러나 틱톡의 특성상 그녀의 유명세에 비해 별도의 수익이 많지 않다는 점도 파악했다. 주현은 그녀의 잠재력을 더 큰 무대로 이끌기 위해 어떤 방법이 좋을지 고민하기 시작했다.

주현은 아리아나 룬과 직접 만나보기로 마음먹고, 그녀에게 연락을 했다. 두 사람은 도심의 한적한 카페에서 만나 서로의 의향을 알아보는 대화를 나누기로 했다.

카페에서 만난 주현과 아리아나 룬은 커피를 앞에 두고 대화를 시작했다. 창밖으로는 사람들이 분주히 오가는 모습이 보였고, 카페 안은 아늑하고 조용했다.

"안녕하세요, 아리아나 룬 님. 저는 크리에이티브하이브 콘텐츠마케팅팀의 김주현입니다. 아리아나 님의 틱톡 영상을 보고 깊은 인상을 받았습니다. 독창적인 편곡과 감미로운 목소리, 그리고 춤 실력까지 정말 매력적이더군요."

아리아나는 환한 미소를 지으며 대답했다. "감사합니다, 주현 씨. 제게 먼저 관심을 가져주셔서 기뻐요. 사실, 제 음악과 춤을 더 많은 사람들에게 알리고 싶지만, 어떻게 해야 할지 막막했거든요."

주현은 고개를 끄덕이며 그녀의 말을 경청했다. "그 마음 충분히 이해합니다. 아리아나 님의 영상에서 저는 많은 잠재력을 봤어요. 혹시 지금 갖고 있는 고민이나, 목표가 어떤지 들어볼 수 있을까요?"

아리아나는 잠시 망설이다가 입을 열었다. "사실, 어릴 적부터 가수가 되는 게 꿈이었어요. 항상 무대 위에서 노래하고 춤추는 것을 상상하며 자랐죠. 어렸을 땐 학교에서 열린 노래 경연대회에서 상을 타기도 했고, 그때부터 진지하게 음악을 하고 싶다는 생각을 하게 되었어요. 그런데 현실은 쉽지 않더라고요. 틱톡을 통해 많은 사람들이 저를 알아봐 주고 응원해 주지만, 정작 수익은 별로 없어요. 어떻게 하면 더 큰 무대에 설 수 있을지 항상 고민 중이에요."

주현은 그녀의 말을 진지하게 들으며 고개를 끄덕였다. "그렇군요. 그런 어려움 속에서도 이렇게 꾸준히 활동을 이어가는 것이 정말 대단해요. 앞으로 어떤 방향으로 나아가고 싶은지, 혹은 어떤 지원이 필요하다고 생각하나요?"

아리아나는 깊은 한숨을 쉬며 말했다. "제가 원하는 건 단순히 유명해지는 것이 아니에요. 진정으로 제 음악을 좋아해 주고, 제 춤을 즐겨주는 사람들이 많아졌으면 좋겠어요. 그리고 그런 팬들과 더 가까워질 수 있는 기회가 있었으면 해요. 하지만 지금 상황에서는 그저 틱톡에만 의존하고 있어서 불안해요."

주현은 아리아나의 열정과 애티튜드에 깊은 인상을 받았다. 그녀의 꿈과 고민을 진지하게 받아들이며, 함께 일할 방안을 고민하기로 마음먹었다. 미팅을 마무리하며 주현은 아리아나에게 말했다.

"오늘 대화 정말 감사했습니다. 아리아나 님의 이야기를 들으면서 많은 생각을 하게 되었어요. 앞으로 어떻게 하면 아리아나 님의 꿈을 실현할 수 있을지 함께 고민해 보겠습니다. 곧 다시 연락드릴게요."

아리아나는 고개를 끄덕이며 미소 지었다. "감사합니다, 주현 씨. 제 이야기를 들어주셔서 정말 기뻐요. 앞으로의 일이 기대되네요."

주현은 미팅을 마무리하며 아리아나와의 협업 가능성에 대해 깊이 고민하기 시작했다. 그녀의 열정과 재능을 어떻게 더 큰 무대로 이끌어 낼 수 있을지, 다양한 방안을 모색할 준비를 했다.

카페를 떠나며 주현의 머릿속에 스톰 엔터테인먼트 김재욱 대표의 메시지가 떠올랐다.

"앞으로도 기대가 큽니다. 도움이 필요하면 언제든지 연락하세요."

이 말은 주현에게 큰 용기를 주었고, 그는 아리아나 룬과 함께 할 수 있는 새로운 가능성에 대해 더욱 확신을 가지게 되었다.

39

　김주현은 아리아나 룬과의 첫 만남 이후, 그녀의 재능과 가능성에 대해 깊이 고민했다. 그녀의 열정과 꿈을 현실로 만들어 줄 방법을 찾기 위해, 주현은 스톰 엔터테인먼트 김재욱 대표와 박성준 A&R 본부장과 미팅을 잡았다. 이미 아리아나 룬의 영상과 자료를 전달받은 김재욱 대표와 박성준 본부장은 주현의 제안을 진지하게 검토하고 있었다.

　스톰 엔터테인먼트 사무실에서, 주현과 김재욱 대표, 박성준 본부장은 오랜만에 만나 인사를 나눴다. 김재욱 대표는 주현을 보자마자 환한 미소로 맞이했다.

　"주현 씨! 오랜만이네요. 들어와서 앉아요." 김재욱 대표는 시원시원한 목소리로 주현을 반겼다. 그의 날카로운 인상과 카리스마 넘치는 외모가 방을 가득 채웠다. 회색 머리카락과 깊게 팬 주름은 그의 경륜을 나타내며, 깔끔한 정장이 그의 완벽주의적 성향을 드러냈다.

　박성준 본부장도 주현을 맞이하며 말했다. "주현 씨, 반갑습니다. 요즘 신인 발굴에도 힘쓰느라 바쁘죠?"

　주현은 고개를 숙이며 인사했다. "대표님, 본부장님, 오랜만에 인사드립니다. 잘 지내셨습니까?"

김재욱 대표는 미소를 지으며 손짓했다. "그럼요. 주현 씨도 잘 지내죠? 지난번 주현 씨 덕분에 Eclipse 〈Lunar Echo〉가 글로벌에서 히트한 이후로 Eclipse도 승승장구하고 있어요."

주현은 겸손하게 고개를 숙였다. "대표님 덕분입니다. 저도 기여할 수 있어서 기뻤습니다."

김재욱 대표는 고개를 끄덕이며 본론으로 들어갔다. "주현 씨, 아리아나 룬의 영상과 자료 잘 봤어요. 독창성과 다재다능함이 정말 인상적이더군요. 어떻게 협력할 생각인가요?"

주현은 준비해 온 자료를 펼치며 설명을 시작했다. "대표님, 본부장님, 아리아나 룬은 자신의 음악과 춤을 더 많은 사람들이 즐겨주기를 희망하고 있습니다. 아리아나의 열정을 현실로 만들어 줄 수 있는 방안으로, 우선 파일럿 프로젝트로 디지털 싱글을 제작하는 것을 제안드립니다. 아리아나가 자신의 캐릭터를 담은 음악과 춤에 대한 아이디어를 제시하고, 스톰 엔터테인먼트는 이를 기반으로 음악과 뮤직비디오를 기획, 제작하는 거죠. 크리에이티브하이브는 음악과 아리아나를 홍보하고 마케팅하는 데 집중할 것입니다."

김재욱 대표는 잠시 생각에 잠긴 뒤, 주현을 바라보며 말했다. "좋은 접근 방식이긴 하지만, 본격적인 가수나 아이돌이 되고자 하는 마음이 확고하지 않으면 협력하기 어려운 점이 많습니다. 우리는 장기적으로 함께 일할 사람을 찾고 있습니다."

주현은 진지한 표정으로 반박했다. "대표님, 아리아나는 단순한 인플루언서가 아닙니다. 아리아나는 음악과 춤에 대한 깊은 열정을 가지고 있고, 어릴 적부터 가수가 되는 꿈을 꾸어왔습니다. 이 기회를 통해 아리아나의 잠재력을 보여줄 수 있다고 확신합니다."

김재욱 대표는 박성준 본부장을 바라보며 물었다. "박성준 본부장 생각은 어떤가요?"

박성준 본부장은 잠시 생각한 뒤 대답했다. "사실, 저는 조금 더 큰 그림을 그려보고 싶습니다. 아리아나 룬과 Eclipse의 프로젝트 그룹을 제안합니다. 팀 이름은 'Lunar Eclipse'로 하면 멋질 듯합니다. 이렇게 하면 두 그룹의 팬층을 결합하고, 더 큰 화제를 만들 수 있을 겁니다. Eclipse의 팬들과 아리아나 룬의 팬들이 함께할 수 있는 기회가 될 것입니다."

김재욱 대표는 놀란 표정으로 박성준 본부장을 바라보며 말했다. "Lunar Eclipse라… 흥미로운 아이디어군요. 하지만 실현 가능할까요?"

박성준 본부장은 또렷하게 답했다. "네, 대표님. 주현 씨가 제안한 것과 같이, 아리아나는 자신의 캐릭터와 음악, 춤에 대한 아이디어를 제시하고, 스톰 엔터테인먼트는 이를 기반으로 곡을 제작하고, 뮤직비디오를 기획합니다. 또, Eclipse 멤버들과 아리아나가 함께 연습하고, 공연과 프로모션을 준비할 것입니다. 크리에이티브하이브는 이 프로젝트를 글로벌하게 홍보하고, 팬들과의 소통을 강화하는 역할을 맡으면 될 듯합니다. 제가 지금까지 신인 발굴과 프로젝트를 이끌어 온 경험으로 볼 때, 이 프로젝트는 충분히 성공 가능성이 있습니다."

주현은 박성준 본부장의 설명을 들으며 눈을 반짝였다. "정말 멋진 아이디어입니다, 본부장님. 아리아나도 이 기회를 통해 더 많은 사람들에게 다가갈 수 있을 겁니다."

김재욱 대표는 단호한 목소리로 말했다. "좋아. 그럼 이번 프로젝트는 그렇게 한번 해보도록 하죠. 주현 씨, 실패는 용납하지 않습니다."

주현은 안도의 한숨을 쉬며 고개를 끄덕였다. "네, 대표님. 최선을 다하겠습니다."

김재욱 대표는 주현에게 날카로운 눈빛을 보내며 말했다. "앞으로도 당신에게 큰 기대를 걸고 있습니다. 확실히 준비해서 성공으로 이끌어 갑시다."

이 말은 주현에게 큰 자신감을 주었고, 그는 아리아나 룬과 함께 할 수 있는 새로운 가능성에 대해 더욱 확신을 가지게 되었다. Lunar Eclipse 프로젝트는 이제 막 첫 발을 내딛었지만, 주현은 그 가능성에 흥분을 감출 수 없었다.

40

김주현은 아리아나 룬을 데리고 스톰 엔터테인먼트 연습실로 향했다. 아리아나는 긴장한 표정이었다. 주현은 미소를 지으며 말했다.

"괜찮아요, 아리아나. 여긴 당신의 재능을 더 빛나게 해줄 곳이에요."

연습실 문을 열자, Eclipse 멤버들이 기다리고 있었다. 밝은 미소로 아리아나를 맞이하며 인사를 나눴다.

"안녕하세요, 저는 리더 하이예요. 만나서 반가워요, 아리아나!"

"반가워요! 저는 아리아나 룬입니다. 정말 영광이에요."

첫 만남의 어색함도 잠시, 멤버들은 곧 서로의 스타일과 강점을 이야기하며 자연스럽게 친해졌다. 웃음과 대화가 오가며 분위기가 편안해졌다.

얼마 후, 박성준 본부장이 주현과 아리아나, Eclipse 멤버들을 회의실로 불렀다. 모두가 자리를 잡자, 박 본부장은 프로젝트의 큰 그림을 설명하기 시작했다.

"우리가 준비할 프로젝트는 Lunar Eclipse입니다. 아리아나 룬과 Eclipse의 컬래버레이션을 통해 새로운 시너지를 만들어 낼 것입니다."

박성준 본부장은 아리아나에게 물었다. "아리아나, 이 프로젝트에 대해 어떤 생각을 가지고 있나요?"

아리아나는 신중하게 자신의 아이디어를 제시했다.

"저는 틱톡에서 활동하면서 마술처럼 순식간에 장면을 전환하는 트랜지션 기법을 써서 짧고 임팩트 있는 영상으로 인기를 얻었어요. 그래서 이번 프로젝트에서도 이런 요소를 살리고 싶어요. 특히 안무는 챌린지 형식으로 만들어서 팬들이 따라 할 수 있도록 하면 좋겠어요."

Eclipse 멤버들은 아리아나의 아이디어를 경청하며 적극적으로 의견을 나눴다.

"좋아요, 아리아나. 우리가 도울 수 있는 부분이 많을 거예요. 함께 멋진 무대를 만들어 봐요." 하이가 말했다.

김주현은 잠시 고민하다가 말했다. "이번 프로젝트에서 팬들과 더 가까워지기 위해 특별한 이벤트를 제안하고 싶습니다. 팬들이 직접 참여할 수 있는 안무 챌린지를 열어 우승자를 뽑고, 그 우승자가 뮤직비디오에 참여할 수 있게 하는 거예요. 팬들이 실제로 우리와 함께 작업하는 경험을 하면 더 큰 충성도를 얻을 수 있을 것입니다."

박성준 본부장이 고개를 끄덕였다. "아주 좋은 아이디어네요, 주현 씨. 분명히 팬들에게 특별한 경험을 선사할 수 있을 것입니다."

몇 주가 흘러, 프로듀싱을 맡은 작곡가 제이콥이 회의실에 들어와 데모 곡을 소개했다. 곡이 재생되자 모두 눈이 반짝였다.

곡은 강렬한 신시사이저 리프와 강한 드럼 비트가 어우러져 듣는 이를 단번에 사로잡았다. 곡의 분위기는 활기차고 에너제틱하며, 중독성 있는 멜로디는 듣는 이로 하여금 즉시 춤추고 싶게 만드는 매력을 지니고 있었다. 이 곡은 특히 K-Pop의 특유의 에너지와 현대적인 사운드를 잘 담고 있었다.

"이 곡의 스타일과 가사가 정말 마음에 들어요. 우리 색깔과 잘 어울릴 것 같아요." 아리아나가 말했다.

"그럼 안무도 이 곡에 맞춰 챌린지 스타일로 만들어 볼까요?" Eclipse의 메인 댄서 조이가 제안했다.

연습실에서 첫 안무 연습이 시작되었다. 서로의 호흡을 맞추며 음악적 시너지를 찾는 과정은 쉽지 않았지만, 시간이 지나며 점차 완벽한 조화를 이루었다. 박성준 본부장은 이를 지켜보며 피드백을 주었다.

"아리아나, 이 부분에서는 조금 더 감정을 담아 춤춰보세요. 그리고 하이, 이 부분에서는 조금 더 힘을 실어주면 좋겠어요."

며칠 후, 홍민기 뮤직비디오 감독과의 첫 미팅이 있었다. 홍 감독은 뮤직비디오의 콘셉트를 설명했다.

"이 뮤직비디오는 Lunar Eclipse의 독특한 세계관을 표현할 것입니다. 우리의 세계는 달과 지구의 경계에 있는 신비로운 공간으로 설정할 겁니다. 각 멤버들은 이 세계의 수호자로 등장해 다양한 능력을 발휘하며 이야기를 풀어 나갈 거예요. 또한, 틱톡 챌린지와 숏폼 콘텐츠를 활용할 수 있는 장면을 추가해 팬들이 쉽게 참여할 수 있도록 할 겁니다."

아리아나와 Eclipse 멤버들은 이에 대해 활발히 의견을 나눴다.

"저는 이 장면에서 좀 더 감정적인 연기를 해보고 싶어요." 아리아나가 말했다.

"좋아요, 아리아나. 각자의 개성을 살려 최고의 장면을 만들어 봐요." 감독이 답했다.

연습과 준비가 계속되는 가운데, 팀워크를 강화하기 위한 활동도 잊지 않았다. 멤버들은 함께 요리를 하며 시간을 보냈다. 서로의 성격과 스타일을 이해하며 자연스럽게 가까워졌다.

"이렇게 함께 요리하니까 정말 재미있어요! 우리 팀워크도 더 좋아질 것 같아요." 조이가 웃으며 말했다.

녹음이 끝난 후, 모두가 만족스러워했다. 아리아나와 Eclipse

멤버들은 서로를 격려하며 프로젝트에 대한 기대감을 높였다.

"정말 멋진 곡이 나왔어요! 이제 뮤직비디오 촬영도 잘해내자고요." 하이가 말했다.

주현은 김재욱 대표와 박성준 본부장에게 진행 상황을 보고하며 앞으로의 계획을 논의했다.

"대표님, 본부장님, 현재까지 모든 것이 순조롭게 진행되고 있습니다. 곧 안무 챌린지 이벤트를 시작으로, 뮤직비디오 촬영에 들어갈 예정입니다."

김재욱 대표는 주현의 보고를 듣고 만족스러운 표정을 지었다.

"좋습니다, 주현 씨. 앞으로도 계속해서 최선을 다해주길 바랍니다. 이 프로젝트는 우리 모두에게 큰 도전이자 기회입니다."

박성준 본부장은 덧붙였다. "맞아요, 주현 씨. 이번 프로젝트를 통해 아리아나와 Eclipse 모두 큰 성장을 이룰 수 있을 겁니다. 함께 힘을 합쳐 성공으로 이끌어 봅시다."

주현은 다시 한번 결의를 다지며 고개를 끄덕였다. "네, 대표님, 본부장님. 최선을 다하겠습니다."

그 후, 주현은 자신만의 홍보 전략을 구상했다. 그는 소셜 미디어를 통해 프로젝트의 진행 상황을 지속적으로 업데이트하고, 팬들과의 소통을 강화하기로 했다. 아리아나는 자신의 틱톡 계정에서 팬들과 소통하며 프로젝트에 대한 기대감을 높였다. Eclipse 멤버들도 각각의 소셜 미디어 계정을 통해 팬들과 활발히 소통했다. 특히, 아리아나와 Eclipse 멤버들이 준비 과정을 담은 비하인드 영상을 틱톡과 유튜브에 게시하여 팬들의 기대감을 높였다. 주현은 이 모든 과정을 전략적으로 지원하고 관리했다.

"Lunar Eclipse의 노래가 발매되기 전, 특별한 이벤트를 열 계획이에요. 여러분이 직접 참여할 수 있는 안무 챌린지를 통해 우승자에게는 뮤직비디오 촬영 현장을 방문할 기회를 제공하고, 특정 장면에서 함께 출연할 수 있는 기회를 드릴 거에요." 아리아나가 자신의 팬들에게 말했다.

Eclipse의 리더 하이도 팬들에게 비슷한 메시지를 전했다. "이번에 특별한 이벤트를 준비했어요. 안무 챌린지에 참여해서 우승하면 뮤직비디오 촬영 현장에서 우리와 함께할 수 있는 기회를 드릴게요."

이 말은 팬들 사이에서 큰 화제를 불러일으켰다. 주현의 전략은 팬들의 참여와 기대감을 극대화시키는 데 성공했다. Lunar

Eclipse 프로젝트는 이제 막 첫발을 내디뎠지만, 주현과 모든 팀원들은 그 가능성에 흥분을 감출 수 없었다. 새로운 도전과 기회를 향한 여정이 본격적으로 시작되었다.

41

Lunar Eclipse의 안무 챌린지 이벤트는 전 세계적으로 큰 인기를 끌었다. 수많은 팬들이 참여했으며, 특히 해외 팬들의 참여가 눈에 띄게 많았다. 오늘은 최종 우승자를 발표하는 날이었다. 김주현과 프로듀서 제이콥은 아리아나 룬과 Eclipse 멤버들을 회의실로 불러모았다.

"여러분, 드디어 안무 챌린지 이벤트의 결과가 나왔습니다." 주현이 말했다. "이번 이벤트는 한국뿐만 아니라 전 세계적으로 큰 반향을 일으켰어요. 수많은 팬들이 참여해 줬고, 그중에서도 특별한 한 명을 선정하게 되었습니다."

아리아나는 눈을 반짝이며 물었다. "누가 우승했나요? 누구인지 정말 궁금해요!"

주현은 미소를 지으며 대답했다. "최종 우승자는 미국의 유명 틱톡 인플루언서, 에밀리 제임스입니다. 에밀리의 안무 영상은 조회수와 하트 수가 폭발적이었고, 무엇보다 창의적인 안무로 많은 팬들의 사랑을 받았습니다."

Eclipse 멤버들 사이에서도 흥분과 기쁨이 가득했다. 하이가 말했다. "에밀리 제임스라니! 정말 대단한 선택이에요. 저도 그 영상을 봤는데, 정말 인상적이었어요."

제이콥이 덧붙였다. "에밀리의 참여는 뮤직비디오의 글로벌 인지도를 높이는 데 큰 도움이 될 것입니다. 그녀와의 협업을 통해 더욱 특별한 작품을 만들 수 있을 거예요."

며칠 후, 에밀리 제임스가 한국에 도착했다. 주현과 아리아나, Eclipse 멤버들은 공항에서 에밀리를 맞이했다. 에밀리는 활짝 웃으며 인사를 건넸다. "안녕하세요! 여러분을 직접 만나게 되어 정말 기뻐요. 이렇게 큰 기회를 주셔서 감사합니다."

하이가 따뜻하게 말했다. "에밀리, 우리도 당신을 만나게 되어 정말 기뻐요. 함께 멋진 뮤직비디오를 만들어 봐요."

에밀리는 고개를 끄덕이며 답했다. "네, 저도 기대돼요! 함께 멋진 작품을 만들기 위해 최선을 다하겠습니다."

촬영 준비가 진행되는 동안, 주현은 에밀리에게 한국 문화를 소개하고, 팀과의 화합을 도모하기 위해 다양한 활동을 계획했다. 그들은 함께 전통 시장을 구경하고, 한국 음식을 맛보며 즐거운 시간을 보냈다.

"한국 음식 정말 맛있어요! 이렇게 다양한 맛을 경험할 수 있어서 정말 좋아요." 에밀리가 감탄하며 말했다.

아리아나가 웃으며 답했다. "에밀리, 당신이 즐거워해서 기뻐요. 이제 본격적으로 촬영을 시작해 볼까요?"

드디어 뮤직비디오 촬영 날이 되었다. 에밀리는 완벽하게 준비된 상태로 촬영장에 나타났다. 그녀의 프로페셔널한 태도와 열정은 모두에게 큰 인상을 주었다. 홍민기 뮤직비디오 감독은 에밀리와의 호흡을 맞추며 촬영을 지휘했다.

"에밀리, 이 장면에서는 조금 더 감정을 담아 춤을 춰주세요. 당신의 열정을 보여줄 수 있는 기회예요." 홍 감독이 말했다.

에밀리는 진지하게 고개를 끄덕였다. "알겠어요. 최선을 다할게요."

촬영은 순조롭게 진행되었다. 에밀리와 아리아나, Eclipse 멤버들은 완벽한 팀워크를 보여주며 아름다운 장면을 만들어 냈다. 촬영이 끝난 후, 모두가 함께 모여 촬영을 축하했다.

"정말 수고 많았어요, 여러분. 오늘의 촬영은 정말 성공적이었어요." 주현이 말했다.

하이가 덧붙였다. "맞아요. 에밀리와 함께한 촬영은 정말 특별했어요. 팬들도 분명히 좋아할 거예요."

에밀리는 감격스러운 표정으로 말했다. "여러분과 함께 작업하게 되어 정말 영광이었어요. 이 뮤비 완전 대박 났으면 좋겠어요!"

촬영이 끝난 후, 각 멤버들은 자신의 소셜 미디어 계정에 촬영 비하인드 영상을 올리며 팬들에게 소식을 전했다. 아리아나, 에밀리, 그리고 Eclipse 멤버들 모두 각자의 계정을 통해 촬영 과정과 에피소드를 공유했다.

아리아나는 자신의 틱톡 계정에 영상을 올리며 말했다. "오늘 정말 멋진 경험을 했어요. 여러분도 이 과정을 함께 즐겨주시길 바랍니다!"

에밀리는 자신의 계정에 비하인드 영상을 올리며 팬들과 소통했다. "한국에서의 촬영은 정말 잊지 못할 경험이었어요. 여러분, 꼭 이 뮤직비디오를 기대해 주세요!"

Eclipse 멤버들도 각각의 계정에 비하인드 스토리를 공유하며 팬들과의 유대감을 강화했다. 팬들은 열광적인 반응을 보였고, Lunar Eclipse 프로젝트에 대한 기대감은 더욱 높아졌다.

주현은 에밀리에게 감사의 말을 전하며 말했다. "에밀리, 당신 덕분에 이번 프로젝트가 더욱 특별해졌어요. 앞으로도 함께 할 수 있는 기회가 있길 바랍니다."

에밀리는 미소를 지으며 답했다. "저도 그래요, 주현 씨. 언제든지 연락 주세요. 함께 멋진 일을 계속해 나가요."

이렇게 Lunar Eclipse 프로젝트는 팬들의 높은 기대 속에서 더욱 큰 성공을 예고하며, 주현과 모든 팀원들은 앞으로의 도전을 기대하며 더 큰 목표를 향해 나아갈 준비를 마쳤다.

42

 Lunar Eclipse의 첫 뮤직비디오가 공개되었다. 공개 전부터 팬들의 기대감은 최고조에 달해 있었다. 뮤직비디오가 유튜브와 틱톡을 통해 동시에 공개되자마자, 조회수와 댓글이 폭발적으로 증가했다.

 아리아나 룬과 Eclipse 멤버들은 각자의 소셜 미디어를 통해 뮤직비디오의 공개를 알렸다.

 "여러분, 드디어 저희 Lunar Eclipse의 첫 뮤직비디오가 공개되었습니다! 많이 사랑해 주세요." 아리아나가 틱톡 계정에 영상을 올리며 말했다.

 하이도 인스타그램에 게시글을 올렸다. "저희의 새 뮤직비디오가 나왔어요! 많은 응원 부탁드려요!"

 에밀리 제임스 역시 틱톡과 인스타그램 계정에 뮤직비디오를 공유하며 팬들에게 알렸다. "여러분! Lunar Eclipse의 뮤직비디오가 드디어 나왔어요. 제가 참여하게 되어 정말 영광이었고, 너무나 멋진 경험이었어요. 많이 봐주시고 응원해 주세요!"

 제이콥 프로듀서는 스톰 엔터테인먼트 공식 계정을 통해 뮤직비디오를 공유하며 팬들에게 감사를 표했다. "여러분의 사랑과 지원 덕분에 이 프로젝트를 성공적으로 마칠 수 있었습니다. 앞으로도 많은 기대 부탁드립니다."

뮤직비디오는 공개 첫날에만 2,000만 조회수를 돌파했다. 팬들은 댓글을 통해 뜨거운 반응을 보였다.

"진짜 대박이에요! 아리아나의 목소리와 Eclipse의 퍼포먼스가 완벽하게 어우러졌어요!"
"뮤직비디오 퀄리티가 정말 최고예요. Lunar Eclipse, 앞으로도 계속 응원할게요!"
"아리아나와 이클립스에 에밀리라뇨. 이 조합 미쳤어요!"

김주현은 사무실에서 조회수와 댓글을 확인하며 흐뭇한 미소를 지었다. "드디어 해냈구나." 그는 혼잣말로 말했다.

아리아나와 Eclipse 멤버들도 팬들의 반응을 보며 기쁨을 감추지 못했다. 아리아나는 팬들에게 감사 영상을 올렸다. "여러분, 정말 감사드려요. 여러분의 응원 덕분에 이 모든 것이 가능했어요. 앞으로도 좋은 음악과 퍼포먼스로 보답할게요."

에밀리 역시 팬들에게 감사의 메시지를 전했다. "여러분 덕분에 Lunar Eclipse의 뮤직비디오가 이렇게 큰 성공을 거뒀어요.

정말 감사드리고, 앞으로도 많은 사랑 부탁드려요!"

그 후, Lunar Eclipse의 뮤직비디오는 다양한 매체에서 주목을 받기 시작했다. 음악 차트에서도 상위권에 오르며 그들의 인기를 증명했다. 방송 인터뷰와 라디오 출연 요청이 쇄도했고, 각종 공연과 행사에도 초청되기 시작했다.

Lunar Eclipse의 첫 뮤직비디오가 공개된 후, 팀원들과 제작진은 큰 성취감을 느끼며 앞으로의 계획을 논의하기 위해 모였다. 김재욱 대표와 박성준 본부장은 새로운 프로젝트에 대한 회의를 시작했다.

"이번 성공을 기회로 삼아 더 큰 도전을 준비해야 합니다." 김재욱 대표가 말했다. "준비하고 있는 Eclipse 월드 투어에, Lunar Eclipse를 함께 기획해 보는 게 어떨까요?"

박성준 본부장은 고개를 끄덕이며 답했다. "좋은 생각입니다, 대표님. 이번 뮤직비디오로 글로벌 팬들이 많아졌으니, 팬들의 기대에 부응할 수 있는 투어를 준비해 보겠습니다. 각 지역별로 맞춤형 공연과 팬미팅을 계획하면 좋을 것 같습니다."

한편, Lunar Eclipse 멤버들은 연습실에서 다음 목표를 준비하고 있었다. 하이는 멤버들과 함께 새로운 안무를 연습하며 말했다. "우리 모두 이번 성공에 자만하지 말고, 더 열심히 준비해서 팬들에게 최고의 무대를 보여주자."

아리아나는 환하게 웃으며 동의했다. "맞아. 팬들이 기대하는 것을 뛰어넘는 공연을 준비하자. 이번 투어는 우리의 진정한 실력을 보여줄 좋은 기회야."

김주현은 그들의 연습을 지켜보며 마음속으로 결의를 다졌다. "이번 성공은 시작일 뿐이야. 우리가 함께라면 더 큰 목표도 이룰 수 있을 거야."

그 후, Lunar Eclipse의 멤버들과 스톰 엔터테인먼트의 제작진, 크리에이티브하이브 팀은 월드 투어 준비에 박차를 가했다. 각국의 팬들과 소통하기 위해 다양한 이벤트를 기획하고, 현지 문화와 팬들의 취향을 반영한 공연을 준비했다. 팬들과의 소통을 강화하기 위해 라이브 스트리밍과 소셜 미디어를 통한 실시간 업데이트도 계획했다.

"팬들과 더 가까워질 수 있는 기회를 놓치지 말자." 주현이 말했다. "각국의 팬들이 우리를 기다리고 있으니, 그들의 기대에 부응할 수 있는 최고의 투어를 만들자."

43

Lunar Eclipse 월드 투어가 드디어 시작되었다. 서울 첫 공연은 대성공을 거두며 팬들의 뜨거운 환호와 사랑을 받았다. 공연장은 팬들의 응원봉 빛으로 가득 찼고, 열기와 에너지가 넘쳐 흘렀다. 무대에 오르기 전, 멤버들은 긴장과 흥분을 감추지 못했다. 팬들의 함성이 공연장을 가득 메우자, Lunar Eclipse의 멤버들은 무대 위로 올라섰다.

"여러분! 드디어 시작입니다!" Eclipse의 리더 하이가 외치자, 팬들의 함성은 더욱 커졌다. 첫 곡이 시작되자, 강렬한 비트와 함께 화려한 조명이 공연장을 물들였다. 팬들은 함께 노래를 따라 부르며 환호했고, 멤버들은 완벽한 호흡으로 무대를 장악하며, 팬들과 하나가 되었다. 조명은 음악에 맞춰 끊임없이 변화하며 환상적인 분위기를 연출했고, 스피커에서 울려 퍼지는 강렬한 베이스가 가슴 깊이 울렸다.

"여러분 덕분에 너무 행복해요. 이 순간을 평생 기억할 거예요." 아리아나가 외치자, 팬들은 더 큰 함성으로 응답했다. 팬들의 에너지는 공연장을 가득 채웠고, 멤버들은 팬들의 사랑에 힘입어 더욱 열정적으로 무대를 이끌어 갔다.

서울 공연의 여운을 뒤로하고, Lunar Eclipse는 자카르타로 향했다. 자카르타 공연에서는 인도네시아 유명 크리에이터 GlamourNesia가 초대 손님으로 출연했다. 그녀는 Lunar Eclipse와 함께 무대를 꾸미며 팬들과 소통했다. 특히, 현지 전통춤을 포인트로 섞은 멋진 퍼포먼스를 선보였다. 현지 관객들은 그녀의 등장에 열광하며, 무대를 더욱 빛나게 만들었다.

"자카르타의 Lunaris 여러분, 여러분과 함께할 수 있어 정말 행복해요." GlamourNesia가 무대에서 말했다. "여러분의 열정과 에너지가 정말 대단해요. 함께할 수 있어서 기뻐요." Lunaris는 Lunar Eclipse의 팬덤 이름으로, 팬들은 이 이름에 열광적으로 반응했다.

공연 후, Lunar Eclipse는 자카르타 팬들과 만남을 가졌다. 팬들은 멤버들과 사진을 찍고, 사인을 받으며 즐거운 시간을 보냈다. 한 팬이 말했다. "여러분 덕분에 정말 행복해요. 이런 기회를 주셔서 감사해요."

"Lunaris 여러분, 여러분의 열정적인 응원에 정말 감동받았어요. 감사해요!" Eclipse 멤버들이 함께 외쳤다. 팬들의 환호는 끊임없이 이어졌고, 팬미팅 자리는 더욱 뜨겁게 달아올랐다.

자카르타의 열기를 뒤로하고, Lunar Eclipse는 뉴욕으로 향했다. 뉴욕 공연은 또 다른 특별한 무대를 예고했다. 김주현이 섭외한 미국의 유명 인플루언서 Lexi Heart가 함께 무대에 올랐다. 그녀의 등장으로 공연장은 더욱 뜨거워졌고, 팬들의 기대와 흥분은 절정에 달했다. Lexi Heart와 Lunar Eclipse가 함께한 컬래버레이션 무대는 팬들에게 잊지 못할 추억을 선사했다.

뉴욕에서의 공연 후, Lunar Eclipse는 팬들과의 특별한 이벤트를 가졌다. 팬들과 함께 하는 즉석 댄스 챌린지와 Q&A 세션이 이어졌다. 팬들은 멤버들에게 다양한 질문을 던지며 가까운 소통을 즐겼다. 한 팬이 물었다. "아리아나, 다음 목표는 무엇인가요?"

"틱톡으로 시작해서 음원 발매와 월드 투어까지 오게 된 건 정말 꿈만 같아요. 앞으로도 초심을 잃지 않고, 음악과 댄스를 통해 더 많은 팬들과 함께하고 싶어요." 아리아나가 답했다. 팬들은 큰 박수로 응원했다.

뉴욕을 떠나 파리로 향한 Lunar Eclipse는 새로운 도전을 준비했다. 프랑스 파리 공연 전날, Lunar Eclipse 멤버들은 파리의 아름다운 거리를 산책하며 여유를 즐겼다. 에펠탑을 배경으로 사진을 찍고, 카페에서 커피를 마시며 팬들과의 만남을 기대했다. 하이가 말했다. "파리는 정말 아름다워요. 여기서 공연하게 되어 기뻐요."

그날 저녁, 김주현은 오랜 친구 레오를 아리아나와 Eclipse 멤버들에게 소개했다. 모두 함께 인사를 나누며, 레오는 자신의 응원과 함께 멋진 공연을 약속했다.

"여러분, 이 친구는 레오예요. 우리와 함께 멋진 무대를 만들 친구입니다." 주현이 말했다.

"안녕하세요, 여러분. 내일 공연이 정말 기대됩니다. 여러분 모두 멋진 시간을 보낼 수 있도록 최선을 다하겠습니다." 레오가 웃으며 인사했다.

다음 날, 프랑스 파리 공연은 샹드마르스 공원에서 에펠탑을 배경으로 펼쳐졌다. 환상적인 무대에서 Lunar Eclipse와 특별한 손님 레오와 그의 댄스팀이 함께했다. 레오와 그의 팀은 Lunar Eclipse와 멋진 댄스 퍼포먼스를 선보이며, 팬들의 환호를 이끌어 냈다. 레오는 Eclipse의 〈Lunar Echo〉를 홍보하며 계속 응원해 온 만큼 이번 공연에서도 더욱 최선을 다했다.

"여러분 덕분에 정말 특별한 무대를 만들 수 있었어요." 레오가 무대 위에서 감사의 인사를 전했다.

"여러분, 오늘 이 특별한 순간을 만들어 준 건 바로 Lunaris 여러분 덕분입니다. 진심으로 감사드려요!" Eclipse 멤버들이 미소를 지으며 인사했다. "앞으로도 우리 함께 걸어가요, Lunaris! 언제나 여러분을 위해 더 멋진 무대를 준비하겠습니다. 사랑합니다!"

각 도시에서의 공연은 단순한 공연을 넘어 글로벌 팬들과 소통을 강화하는 중요한 기회였다. 팬미팅, 백스테이지 투어, 사인회 등 특별한 혜택이 포함된 VIP 패키지는 팬들에게 특별한 경험을 선사했다. 각 도시에서 펼쳐진 공연들은 현지 팬들에게 큰 감동을 주었고, 김주현의 철저한 준비와 인플루언서 섭외 덕분에 공연은 흥행은 물론, 공연 이후에도 지속적인 홍보 효과를 누렸다. 모든 공연은 라이브 스트리밍으로 전 세계 팬들에게 중계되었으며, 팬들은 아티스트들과 함께 호흡하며 공연의 열기를 더욱 높였다.

공연 중간중간, 팬들은 아티스트들과 함께 호흡하며 공연의 열기를 더했다. 한 곡이 끝날 때마다 울려 퍼지는 팬들의 함성과 응원은 공연장의 분위기를 더욱 뜨겁게 달구었다. 김주현은 이 모든 순간들을 지켜보며 감동과 보람을 느꼈다.

Lunar Eclipse의 월드 투어는 전 세계 팬들에게 큰 사랑을 받으며 성공적으로 마무리되었다. 팀원들과 제작진은 큰 성취감을 느끼며, 앞으로의 더 큰 도전과 목표를 향해 나아갈 준비를 마쳤다. 팬들과의 특별한 추억을 안고, Lunar Eclipse는 더 높은 무대를 향해 계속해서 도전할 것이다.

"우리는 이제 시작일 뿐이에요. 더 큰 무대에서, 더 많은 팬들과 함께할 날을 기대해요." 아리아나가 공연 후 멤버들에게 말했다.

"여러분 덕분에 이 여정이 더 특별해졌어요. 앞으로도 함께해 주세요." Eclipse의 리더 하이가 덧붙였다.

주현은 무대 뒤에서 팀의 성공과 팬들의 반응을 지켜보며 새로운 결의를 다졌다. '이제 더 큰 목표를 향해 나아가자. 우리가 함께라면 어떤 도전도 이겨낼 수 있을 거야.' 그는 속으로 다짐했다.

그때, 주현의 휴대전화가 진동했다. 그는 문자를 확인하고 잠시 멈칫했다. 메시지는 아버지 김도훈에게서 온 것이었다.

"공연 준비 정말 잘했더구나. 네 재킷도 무척 잘 어울렸다. 축하한다, 주현아."

주현은 메시지를 읽으며 잠시 멍해졌다. 아버지의 말이 마음 깊숙이 와닿았다. 엄격한 아버지의 칭찬은 여전히 그에게 큰 의미가 있었다. 그는 아버지가 공연장에 있었음을 확신했다. 공연장 구석에서 익숙한 실루엣이 보였지만, 다가가기 전에 그 모습은 이미 사라지고 없었다.

이렇게 Lunar Eclipse의 월드 투어는 끝났지만, 그들의 여정은 계속될 것이다. 새로운 목표와 꿈을 향해 나아가는 그들의 모습은 팬들에게도 큰 영감을 주었다. 주현은 아버지의 메시지를 되새기며 더 큰 목표를 향해 힘차게 나아갈 준비를 마쳤다.

44

김도훈은 아들 김주현의 성장과 성공을 묵묵히 지켜보고 있었다. Adfluence 프로젝트를 통해 많은 신인 인플루언서를 발굴하고, 민재에 이어 셰프준까지 성장시키는 프로젝트를 성공적으로 이끌었으며, 최근에는 아리아나 룬을 발굴해 Lunar Eclipse 프로젝트까지 성공시키는 주현의 모습을 보며 자부심을 느꼈다. 김도훈은 항상 그를 지켜보며 응원해 왔다.

주현이 어떤 어려움에 부딪혀도 포기하지 않고 노력하는 모습을 볼 때마다, 김도훈은 대견함을 느꼈다. 그러던 중, 김도훈은 Lunar Eclipse의 파리 공연 일정에 맞춰 파리 출장을 잡았다. 그는 이 기회를 통해 아들의 공연을 직접 보고 축하하기로 결심했다.

　파리의 밤은 아름다웠고, 샹드마르스 공원에서 에펠탑을 배경으로 펼쳐진 무대는 환상적이었다. 김도훈은 공연장 한구석에서 공연을 지켜보았다. 무대에서 열정적으로 공연을 이끄는 주현의 모습은 그에게 큰 감동을 주었다. 주현이 무대 뒤에서 모든 것을 지휘하는 모습을 볼 때마다, 김도훈은 아들의 성장이 대견하고 자랑스러웠다.

　주현의 무대를 지켜보는 동안 김도훈의 가슴은 벅차올랐다. 무대 위에서 빛나는 주현의 모습은 그가 얼마나 많은 노력을 기울였는지 그대로 보여주고 있었다. 주현이 어린 시절부터 지금까지 걸어온 모든 여정이 그의 눈앞에 펼쳐졌다. 중학교 시절 대회를 준비하며 밤을 새우던 모습, 힘든 연습 과정 속에서도 포기하지 않고 도전하던 모습이 모두 무대에서 빛을 발하고 있었다. 김도훈은 아들이 이룬 성과에 대해 깊은 감동과 자부심을 느끼며 눈가가 촉촉해졌다.

　며칠 전, 김도훈은 중요한 결심을 했다. 그는 레오에게 연락을 취해 만남을 제안했다. 레오는 주현의 어린 시절부터 단짝이었던 친구로, 김도훈은 그에게 감사의 말을 전하고 싶었다. 주현이 어릴 때 혼냈던 일을 사과하기 위해서도 레오와의 만남이 필요했다.

김도훈은 파리에 도착한 후, 레오에게 메시지를 보냈다. "레오, 오랜만이구나. 파리에 출장 와 있는 김에 만날 수 있을까? 이야기하고 싶은 게 있어서 말이야."

레오는 잠시 망설였지만, 곧 답장을 보냈다. "물론이죠, 선생님. 언제 어디서 뵐까요?"

김도훈과 레오는 파리의 한 카페에서 만났다. 레오는 김도훈을 만나면서도 약간 긴장한 표정이었다. 김도훈은 그런 레오의 모습을 보며 미소 지었다. "레오, 주현이를 어릴 때부터 많이 챙겨줘서 정말 고맙다. 그리고 그때 많이 혼내서 미안했다."

레오는 김도훈의 사과에 놀란 듯 잠시 말을 잃었다. 그러다 웃으며 말했다. "아니에요, 선생님. 주현은 정말 특별한 아이였어요. 제가 도운 것보다 주현이 스스로 이룬 것이 훨씬 많아요."

김도훈은 잠시 말을 멈추고 깊은 한숨을 내쉬었다. "사실, 주현이가 어릴 때 내가 너무 엄격하게 대했던 것 같구나. 네가 주현이에게 해준 것들에 고마움을 표현할 기회가 없었단다. 주현이가 네 도움 덕분에 지금 위치에 올 수 있었다고 생각한다. 그동안 네가 주현이를 위해 해준 모든 일들을 고맙게 생각한다."

레오는 김도훈의 진심 어린 말에 감동하며 잠시 생각한 후,

조용히 입을 열었다. "선생님, 그렇게 말씀해 주셔서 정말 감사합니다. 주현은 자신의 노력으로 여기까지 온 거예요. 제가 도울 수 있었던 건 기쁨이었고, 주현의 가능성을 믿었기 때문입니다. 앞으로도 주현과 함께 더 많은 성장을 이룰 수 있도록 최선을 다하겠습니다."

김도훈은 레오와의 대화를 통해 주현이 성장하는 과정에서 많은 사람들의 도움이 있었다는 것을 다시 한번 느꼈다. 그는 레오에게 이 만남을 주현에게는 비밀로 해달라고 부탁했다. "이 만남은 주현이에게 말하지 않았으면 좋겠구나. 그저 내가 묵묵히 지켜보는 거로 충분해."

공연이 끝난 후, 김도훈은 주현이 팬들과 소통하는 모습을 멀리서 지켜보았다. 팬들의 사랑과 지지를 받는 주현의 모습은 더없이 자랑스러웠다. 그는 주현이 앞으로도 이렇게 성장해 나갈 것을 믿어 의심치 않았다.

그날 저녁, 호텔로 돌아와서도 김도훈은 주현의 공연을 떠올렸다. 그는 주현에게 메시지를 보냈다. "공연 준비 정말 잘했더구나. 네 재킷도 무척 잘 어울렸다. 잘했다, 주현아."

메시지를 보낸 후, 김도훈은 창밖의 파리 야경을 바라보았다. 에펠탑의 불빛이 반짝이는 광경은 그에게 주현의 성공을 축하하는 듯 보였다.

주현이 어릴 적, 김도훈은 아들에게 엄격한 아버지였다. 그의 엄격함이 주현을 단단하게 만들었을지는 모르지만, 동시에 거리감을 두게 만들었다는 것을 김도훈은 알고 있었다. 그러나 이제, 아들이 자신의 길을 성공적으로 걷고 있는 모습을 보며, 그는 주현을 응원하고 지지하는 것이 자신의 역할임을 깨달았다.

주현의 미래는 밝고, 김도훈은 그 길을 함께 걸어갈 준비가 되어 있었다. 언제나 그랬듯이, 멀리서 묵묵히 지켜보며.

45

제이콥과 주현은 스톰 엔터테인먼트 회의실에 마주 앉아 있었다. Lunar Eclipse의 월드 투어가 성공적으로 마무리된 후, 두 사람은 그 성과를 축하하며 앞으로의 계획을 논의하고 있었다.

"주현 씨, Lunar Eclipse 월드 투어는 그야말로 대성공이었어요. 팬들의 반응도 폭발적이었죠." 제이콥이 미소 지으며 말했다.

"제이콥 씨 덕분이죠. 멋진 곡을 만들어 주셔서 감사합니다." 주현이 답했다. 그는 Lunar Eclipse의 성공에 대해 자부심을 느끼면서도 더 큰 목표를 향해 나아가야 한다는 기대감도 있었다.

"이제 다음 단계를 생각해야 할 때입니다." 제이콥이 고개를 끄덕이며 말을 이었다. "사실, K-Pop 업계에서는 국내 작곡가 외에도 유럽이나 미국 작곡가도 기성 작곡가뿐만 아니라 신인 작곡가 그룹들도 많이 활동하고 있어요. 그들과 함께 작업하면서 작곡이나 프로모션 방식에 대해 많은 영감을 받았죠."

"유럽에서도요? 어떤 점이 특별했나요?" 주현이 흥미롭게 물었다.

"예전에는 작곡가와 프로듀서들이 곡을 스포티파이를 통해 유통했었는데, 요즘은 틱톡과 유튜브에 음원을 공급하는 게 더 인기가 많아요." 제이콥이 설명했다. "특히 챌린지와 같은 유행을 타게 되면, 그때 사용된 음원이 대박 나는 경우가 많죠. 요즘은 그런 방식이 하나의 트렌드가 되었어요."

주현은 흥미로운 눈빛으로 제이콥을 바라보았다. "정말 흥미로운데요. 틱톡과 유튜브 쇼츠를 활용한 음원 프로모션은 저도 관심이 많아요. 제이콥 씨 주변에 그런 신인 작곡가들이 많나요?"

"네, 정말 많아요." 제이콥이 웃으며 말했다. "그 친구들은 아주 창의적이고 열정적이에요. 최근에는 많은 신인 작곡가들이 스포티파이에서 시작해 성공을 거두고 있어요. 특히 스웨덴은 K-Pop 히트곡을 많이 만들어 낸 국가 중 하나예요. 스웨덴 친구들은 일렉트로닉 음악에서 강점을 보이고, 독창적인 멜로디와 세련된 프로덕션 스타일로 유명하죠."

"스웨덴이요?" 주현이 물었다.

"스웨덴은 이미 1990년대부터 백스트리트 보이즈나 브리트니 스피어스 같은 글로벌 아티스트들과도 작업을 한 경험이 많아요. 또, 2000년대 들어서는 다양한 K-Pop 아티스트들과의 협업을 통해 많은 히트곡을 만들어 냈죠." 제이콥이 설명했다.

"정말 대단하네요. 그럼 그들은 어떻게 음원을 유통하고 홍보하나요?" 주현이 물었다.

"먼저, 그들은 완성된 곡을 스포티파이에 배포하기 위해 디지털 배급사를 통해 음원을 등록해요. 배급사는 음원을 스포티파이를 포함한 여러 스트리밍 플랫폼에 배포하죠. 이건 한국도 마찬가지예요." 제이콥이 설명했다.

주현은 고개를 끄덕이며 집중했다. "그다음에는 어떻게 되나요?"

"음원이 스포티파이에 올라가면, 신인 작곡가들은 플레이리스트에 추가되기를 희망해요. 이를 위해 배급사와 협력하거나 직접 플레이리스트 큐레이터에게 연락하죠. 인기 있는 플레이리스트에 포함되면 곡의 노출도가 크게 상승하거든요." 제이콥이 설명했다.

"그럼 홍보는 어떻게 하나요?" 주현이 물었다.

"소셜 미디어를 적극적으로 활용해요." 제이콥이 말했다. "인스타그램, 페이스북, 엑스 등을 통해 음원 발매 소식을 알리고, 팔로워들과 소통하면서 음원을 홍보하죠. 특히, 인스타그램 스토리나 틱톡을 활용해 짧은 영상을 만들어 팬들의 관심을 끌어요."

"정말 체계적이군요. 다른 중요한 요소가 있을까요?" 주현이 물었다.

"네, 신인 작곡가들은 팬들과의 직접적인 소통을 중요시해요. Q&A 세션, 라이브 방송 등을 통해 팬들의 반응을 직접 듣고, 그들의 피드백을 반영해 더 나은 곡을 만들려고 노력해요." 제이콥이 대답했다. "그리고 그들은 종종 다른 인플루언서들과 협업해 음원을 홍보하기도 하죠. 이는 음원의 인기를 빠르게 높이는 데 효과적이에요."

주현은 깊이 생각에 잠겼다. "사실, 우리가 이전에 성공했던 〈Lunar Echo〉도 기억나요. 그때도 정말 많은 팬들이 참여해서 큰 반향을 일으켰죠."

제이콥은 고개를 끄덕였다. "맞아요, 주현 씨가 글로벌 홍보를 정말 잘해주셨죠. 그 덕분에 〈Lunar Echo〉가 전 세계적으로 히트를 쳤어요. 이제 그 경험을 바탕으로 더 큰 성공을 이룰 수 있을 거예요."

"정말 대단하네요. 저도 그런 접근 방식을 도입해 보고 싶어요." 주현이 고개를 끄덕이며 말했다. "제이콥 씨와 그 신인 작곡가들을 만나서 더 배우고 싶네요."

"그리고 요즘은 틱톡이나 유튜브 쇼츠를 통해 음원이 대박 나는 경우가 많아요." 제이콥이 덧붙였다. "예를 들어, 특정 안무나 챌린지를 통해 유행을 타게 되면, 그 음원이 전 세계적으로 퍼져 나가면서 인기를 얻고, 스포티파이와 같은 스트리밍 플랫폼에서도 많은 스트리밍 수를 기록하게 되죠."

주현은 깊이 생각에 잠겼다. "그렇다면 우리가 이런 방식으로도 성공할 수 있겠네요?"

제이콥은 미소 지으며 말했다. "물론이에요. 조만간 작곡가 그룹 몇 곳을 소개해 드릴게요. 새로운 도전이 될 거예요."

주현은 새로운 기회와 가능성에 대한 기대감으로 가득 차 있었다. 틱톡과 유튜브를 통한 음원 프로모션은 새로운 시대의 음악 마케팅 방식이었다. 주현은 이를 활용해 이전과는 다른 방식으로 새로운 프로젝트를 준비하기로 결심했다.

주현과 제이콥은 새로운 음원과 프로모션 아이디어를 구상하며, 또 한 번의 성공을 위해 함께 도전할 준비를 마쳤다.

46

제이콥과 주현은 스웨덴의 신흥 작곡가 그룹인 '노르딕 비트'와 화상회의를 준비하고 있었다. 이 그룹은 이미 K-Pop 업계에서 그들만의 독특한 스타일과 창의성으로 주목받고 있는 팀이었다. 이번 회의는 노르딕 비트가 작곡한 곡들을 틱톡과 유튜브에 공급하면서, 인플루언서를 활용한 홍보 방식에 대해 협력하는 내용이었다.

화상회의가 시작되었고, 주현과 제이콥은 노르딕 비트 멤버들을 환영했다. 화면 속에서 노르딕 비트 멤버들이 밝은 미소로 인사했다.

"안녕하세요, 제이콥. 그리고 주현 씨, 만나서 반갑습니다. 저희 노르딕 비트에 오신 것을 환영합니다." 그룹의 리더인 엘리어스가 인사했다.

"안녕하세요, 엘리어스. 저희도 이번 협업을 통해 많은 것을 기대하고 있습니다." 제이콥이 답했다.

주현이 덧붙였다. "노르딕 비트의 음악을 틱톡과 유튜브에 공급하면서 인플루언서를 활용한 홍보 방식에 대해 이야기를 나누고 싶습니다. 최근 저희도 Lunar Eclipse 프로젝트에서 큰 성공을 거두었고, 이 방식을 다른 프로젝트에도 적용해 보고 싶습니다."

엘리어스가 고개를 끄덕이며 말했다. "저희도 그 방식을 잘 알고 있습니다. 저희 곡 중 몇 곡은 이미 틱톡에서 큰 인기를 끌고 있어요. 인플루언서들이 우리 음악을 사용해 다양한 챌린지를 만들어 냈고, 그 덕분에 곡의 인지도와 인기가 급상승했죠."

노르딕 비트의 다른 멤버인 카린이 말을 이었다. "저희는 인플루언서들과의 협업을 통해 음악의 바이럴 효과를 극대화하는 데 집중하고 있습니다. 최근에는 유튜브 쇼츠에서도 비슷한 방식으로 성공을 거두고 있어요."

제이콥이 흥미롭게 물었다. "그럼, 인플루언서들과의 협업은 어떻게 진행하셨나요?"

엘리어스가 설명했다. "먼저, 인플루언서들에게 우리 곡을 제공하고, 그들이 창의적으로 사용할 수 있도록 자유를 줍니다. 그들은 그들만의 스타일로 음악을 활용한 콘텐츠를 만들고, 우리는 그 과정을 적극적으로 지원하죠. 그리고 그 결과물을 다시 우리의 소셜 미디어 채널을 통해 공유하면서 더욱 큰 파급효과를 낼 수 있습니다."

주현이 고개를 끄덕이며 말했다. "정말 훌륭한 방식이네요. 저희도 이 방식을 통해 더 많은 성공을 이뤄내고 싶습니다. 특히, 틱톡과 유튜브 쇼츠를 활용한 홍보는 요즘 가장 효과적인 방법 중 하나라고 생각해요."

엘리어스가 미소 지으며 답했다. "그렇죠. 저희도 그렇게 생각합니다. 그럼, 이번 프로젝트에서 어떤 곡을 우선적으로 틱톡과 유튜브에 공급할지 논의해 볼까요?"

화상회의는 점점 깊이 있는 논의로 이어졌다. 각자의 경험과 아이디어를 나누며, 새로운 프로젝트의 방향이 구체화되기 시작했다. 주현과 제이콥, 그리고 노르딕 비트는 서로의 강점을 최대한 활용해 더 큰 성공을 이뤄내기 위해 협력하기로 결심했다.

회의가 끝난 후, 주현은 제이콥과 함께 화면을 끄며 말했다. "이번 협업이 정말 기대돼요. 노르딕 비트와 함께라면 더 큰 도전을 할 수 있을 것 같아요."

제이콥이 웃으며 답했다. "맞아요. 이제 더 큰 무대를 향해 나아가 봅시다."

그렇게 주현과 제이콥, 그리고 노르딕 비트는 새로운 음악 프로젝트를 위해 힘을 합쳤다. 그들은 인플루언서를 활용한 홍보와 틱톡, 유튜브 쇼츠를 통해 글로벌 시장에서 더 큰 성공을 거두기 위해 한 걸음 더 나아갔다.

다음 날, 제이콥은 파리에서 활동하는 작곡가 그룹인 '루브르 사운드'와 상의를 하며 주현과 함께 화상회의를 열었다. 제이콥은 루브르 사운드와 오랜 친분이 있었고, 그들의 관심을 끌기 위해 주현과의 논의 내용을 공유했다.

"정말 흥미로운 아이디어군요, 제이콥. 주현 씨와 함께 더 구체적으로 논의해 보는 게 좋겠어요." 루브르 사운드의 리더 뤽이 말했다.

화상회의가 시작되었고, 주현과 제이콥은 루브르 사운드의 멤버들을 환영했다. 화면 속에서 루브르 사운드의 멤버들이 인사하며 이야기를 나누기 시작했다.

"안녕하세요, 주현 씨. 제이콥에게 들었는데, Lunar Eclipse 프로젝트가 정말 대단했더군요." 뤽이 인사했다.

"감사합니다. 여러모로 쉽지 않았지만, 좋은 결과를 얻어서 기쁩니다." 주현이 답했다.

뤽은 화상회의를 통해 요즘 글로벌 작곡 시장에 대한 이야기를 나누기 시작했다. "최근 글로벌 작곡 시장은 정말 빠르게 변하고 있어요. 특히 유럽과 미국에서 많은 Z세대 작곡가들이 등장하고 있죠. 그들은 다양한 장르와 스타일을 시도하고 있어요."

제이콥이 고개를 끄덕이며 말했다. "맞아요. 요즘은 틱톡과 유튜브 쇼츠 같은 플랫폼에서 음원이 대박 나는 경우가 많아요. 짧고 강렬한 음악이 유행을 타면서, 작곡가들도 그에 맞춰 작업을 하고 있죠. 2분 남짓 되는 곡도 많아지고 있어요."

루브르 사운드의 멤버 중 한 명이 말했다. "사실, 얼마 전에 테크노바 인사이트와 미팅을 했었어요. 그들은 AI를 활용한 음악 작곡 솔루션을 개발하고 있더군요. AI가 특정 스타일이나 장르에 맞춰 음악을 생성해 주는 방식이었어요. 이는 작곡가들에게 큰 도움이 될 수 있을 거라고 생각했죠."

주현은 놀라며 말했다. "정말 흥미롭네요. 테크노바 인사이트라면 혹시 김도훈 부사장과도 이야기를 나눈 건가요?"

"네, 맞아요. 그분과 미팅에서 AI가 음악 산업에 미칠 영향을 깊이 있게 논의했어요. 앞으로 AI와 협업하는 작곡가들이 더 많아질 것 같습니다." 뤽이 덧붙였다.

사실, 테크노바 인사이트에서는 김도훈 부사장을 주축으로 AI를 활용한 콘텐츠 제작 솔루션을 기획하고 있었다. 생성형 대화와 이미지를 넘어, AI가 음악을 작곡하는 솔루션을 개발하고자 했다. 김도훈은 관련 음악 기업과 작곡가 그룹들과의 협력을 위해 파리 출장을 다녀왔다.

김도훈은 파리에서 루브르 사운드와 미팅을 가지며 AI 기술의 가능성을 논의했다. 그는 AI가 어떻게 작곡가들에게 영감을 줄 수 있는지, 그리고 AI와 인간 작곡가의 협업이 어떻게 이루어질 수 있는지에 대해 설명했다.

"AI는 무한한 가능성을 가지고 있습니다. 우리가 이를 잘 활용하면, 더욱 창의적이고 혁신적인 음악을 만들 수 있을 것입니다." 김도훈이 말했다.

그 미팅에서 뤽은 김도훈의 설명에 깊이 감명받았다. "정말 대단한 기술이네요. 우리가 AI와 함께 작업할 수 있다면, 정말 많은 가능성이 열릴 것 같습니다."

화상회의 화면 속, 제이콥은 미소를 지으며 말했다. "이런 기술을 활용하면 더 창의적이고 혁신적인 음악을 만들 수 있을 거예요. 우리도 함께 해보는 게 어떨까요?"

뤽은 고개를 끄덕이며 말했다. "좋아요, 우리 함께 힘을 합쳐서 멋진 음악을 만들어 봅시다."

주현은 새로운 기회와 가능성에 대한 기대감으로 가득 차 있었다. "좋아요. 이 프로젝트를 통해 새로운 도전을 해봅시다."

그렇게 주현과 제이콥, 그리고 뤽은 AI를 활용한 새로운 음악 프로젝트를 시작하기로 결심했다. 그들은 함께 힘을 합쳐 혁신적인 음악을 만들어 내고, 글로벌 시장에서 더 큰 성공을 이뤄낼 준비를 마쳤다.

그 순간, 주현은 루브르 사운드의 이야기를 들으며 혼잣말로 속삭였다. "아버지가 파리 공연에 오셨던 게 분명하구나." 주현은 미소 지으며 확신했다.

47

노르딕 비트의 리더 엘리어스가 작곡한 곡 〈Stellar Rhythm〉이 드디어 완성되었다. 제이콥은 곡을 스포티파이를 비롯한 유튜브, 틱톡 등 소셜 미디어에 등록한 후, 엘리어스와 주현과 함께 화상회의를 시작했다. 회의실은 가상의 공간이었지만, 세 사람의 열정이 화면을 통해서도 느껴졌다.

엘리어스는 흥분을 감추지 못하며 말했다. "여러분, 이 곡 정말 멋지지 않나요? 이제 이 곡을 누구의 챌린지로 시작하면 좋을지 고민되네요."

제이콥은 미소를 지으며 고개를 끄덕였다. "맞아요, 엘리어스. 곡이 정말 잘 나왔어요. 근데 우리가 목표로 하는 건 많은 사람들이 쉽게 따라 할 수 있는 챌린지니까, 댄스 전문가보다는 좀 더 친숙한 인플루언서가 좋을 것 같아요."

주현은 팔짱을 끼고 잠시 생각에 잠겼다. 그동안 많은 인플루언서들과 협업해 왔지만 이번엔 특별한 감이 왔다. "저도 제이콥

말에 동의해요. 제가 생각한 사람이 있는데… K-BeautyStar는 어떨까요? 뷰티 인플루언서지만, 챌린지 안무에도 자주 참여해서 잘 어울릴 것 같아요. 팔로워도 900만 명이나 되고, 누구나 쉽게 따라 할 수 있는 안무를 잘 만들 거에요."

엘리어스는 주현의 설명을 들으며 긍정적으로 고개를 끄덕였다. "그렇군요. 그 정도로 유명하고 영향력 있는 인플루언서라면 좋은 선택일 것 같아요. 주현, K-BeautyStar와 연락해 볼 수 있어요?"

주현은 결심한 듯 고개를 끄덕였다. "물론이죠. 바로 연락해 볼게요."

주현은 K-BeautyStar에게 전화를 걸며 마음속으로 다짐했다. '꼭 그녀를 설득해야 해. 이 곡이 성공하려면….'

전화가 연결되자 K-BeautyStar의 밝은 목소리가 들려왔다. "여보세요. K-스타? 잘 지내고 있어?"

"오빠, 오랜만이야! 잘 지내지. 무슨 일이야?" K-BeautyStar가 반갑게 답했다.

주현은 미소를 지으며 말했다. "다름이 아니라, 우리 팀에서 해외 유명 작곡가와 곡을 만들었어. 제목은 〈Stellar Rhythm〉인데, 정말 멋진 곡이야. 이 곡으로 틱톡 챌린지를 해보려고 해."

"와, 새로운 곡이라니! 정말 기대돼. 근데 오빠, 내가 뭘 도와줄 수 있을까?" K-BeautyStar가 궁금한 듯 물었다.

주현은 진지한 목소리로 설명했다. "음, 사실 내가 생각한 게 있는데, 네가 틱톡에서 안무 챌린지를 자주 하잖아. 그래서 너한테 이 곡의 안무를 부탁해 보려고 해. 챌린지 이름은 'StellarMoves'로 생각하고 있어."

K-BeautyStar는 잠시 놀란 듯 침묵했다가 웃으며 대답했다. "오빠, 내가 무슨 안무를 짜? 난 그냥 뷰티 인플루언서잖아. 좀 유명하긴 하지만, 하하하. 오빠처럼 댄서가 아니라고."

주현은 부드럽게 말했다. "알아, 네가 댄서가 아니라는 거. 근데 챌린지는 너무 어렵지 않은 동작으로 해야 하잖아. 너도 챌린지 자주 참여하니까 감이 있을 것 같아서 부탁하는 거야. 네가 잘하는 걸로 사람들이 따라 하기 쉽게 해줄 수 있을 것 같은데, 도와줄 수 있지?"

K-BeautyStar는 잠시 생각하더니 말했다. "음, 그래, 그럼 한번 해볼까. 내가 잘할 수 있을지 모르겠지만."

그날 밤, K-BeautyStar는 완성된 안무 영상을 주현에게 보냈다. 주현은 영상을 확인하며 미소를 지었다. "역시 K-스타야! 이 안무라면 틱톡에서 큰 반응을 일으킬 거야. 참고로 이번 챌린지에서 생기는 음원 수익 일부는 네가 가져가는 거로 했어. 너도 이 프로젝트의 중요한 부분이니까."

K-BeautyStar는 놀라며 눈을 크게 뜨고 말했다. "정말? 그럼 더 열심히 잘해야겠네!" 그녀는 웃으며 덧붙였다. "오빠, 기대해도 좋아. 최선을 다할게!"

다음 날, 주현은 아리아나 룬, 에밀리 제임스, 그리고 이클립스 멤버들이 있는 단체 메시지 방에 글을 올렸다. "여러분, 드디어 새로운 곡과 'StellarMoves' 안무가 준비됐어요. 전에 말한 것처럼, 이 안무로 틱톡과 유튜브 쇼츠에 영상을 올려줄 수 있을까요?"

아리아나가 가장 먼저 답장을 보냈다. "정말 멋진 곡이네요! 안무도 쉽고 재미있어요. 누가 만들었나요?" 그녀의 메시지에서는 설렘이 묻어났다.

에밀리도 바로 동의하며 말했다. "맞아요, 이 안무 정말 좋아요! 누구 아이디어인가요?" 그녀의 메시지에도 흥분과 기대감이 느껴졌다.

이클립스의 리더 하이도 웃으며 답장을 보냈다. "너무 재미있어요! 우리 팬들도 따라 하기 쉬울 것 같아요. 이 안무를 만든 사람은 누구예요?" 하이의 메시지에는 즐거움과 호기심이 가득했다.

주현은 미소를 지으며 답장을 썼다. "K-BeautyStar가 만들었어요. 쉬우면서도 재밌게 하려고 신경 썼어요." 그는 K-스타의 노력이 헛되지 않음을 확신하며 자부심을 느꼈다.

모두가 감탄하며 말했다. "K-BeautyStar, 정말 대단해요! 이 안무라면 많은 사람들이 즐길 수 있을 것 같아요."

아리아나는 흥분을 감추지 못하고 덧붙였다. "K-BeautyStar, 정말 창의적이에요! 이 안무를 따라 하면 진짜 재미있을 것 같아요."

에밀리도 기쁨을 표현하며 말했다. "맞아요! 팬들이 좋아할 거예요. 곡도 좋고 안무도 최고예요."

하이는 웃으며 말했다. "우리 팀도 이 안무를 연습해 보고 팬들과 함께할 생각에 벌써 신나요!"

주현은 다시 메시지를 보냈다. "그럼 다들 준비됐죠? 나도 이번 챌린지에 직접 참여할 거니까, 다 같이 재미있게 해보자고!"

아리아나가 반색하며 말했다. "주현 씨도 참여하다니, 더 기대돼요! 우리 모두 함께 만들어 가는 챌린지가 되겠네요."

에밀리는 웃으며 답했다. "맞아요, K-Pop 댄스 리더인 주현과 함께라면 더 재미있을 거예요. 모두 최선을 다해봅시다!"

하이는 결의를 다지며 말했다. "그럼, 우리 팀도 열심히 준비해서 멋진 영상을 올릴게요. 기대해 주세요!"

모두의 반응에 주현은 자신감을 느끼며 말했다. "좋아, 그럼 다 같이 힘내서 최고의 챌린지를 만들어 보자! 화이팅!"

며칠 후, 인플루언서들은 각자의 채널을 통해 'StellarMoves' 챌린지를 시작했다. K-BeautyStar는 틱톡에서 안무를 선보였고, 그 영상은 많은 관심을 받기 시작했다. 그녀는 팬들과의 소통을 위해 라이브 방송도 진행했다. "여러분, 'StellarMoves'에 도전해 보세요! 정말 쉽게 따라 할 수 있을 거예요. 여러분의 멋진 영상을 기대할게요!"

아리아나 룬은 유튜브 쇼츠를 통해 곡에 맞춘 창의적인 안무 영상을 올렸다. 그녀의 영상은 빠르게 조회수를 기록하며 인기를 끌었다. 팬들은 댓글로 그녀의 안무를 칭찬하며, 자신들도 도전해 보겠다는 의지를 보였다. 아리아나는 댓글에 답하며 팬들과 소통했다. "모두가 정말 열심히 참여해 줘서 고마워요! 함께 춤춰서 정말 기뻐요."

이클립스와 에밀리 제임스도 각각의 스타일로 챌린지를 진행하며 곡의 인기를 끌어올렸다. 이클립스는 팬들과 함께하는 라이브 방송을 통해 안무를 가르쳤고, 팬들은 즉석에서 도전하며 즐거워했다. "여러분, 우리와 함께 'StellarMoves'를 즐겨요! 가장 멋진 영상을 올려준 팬에게는 특별한 선물을 드릴게요." 하이가 말했다.

에밀리 제임스는 창의적인 영상 편집을 통해 곡의 매력을 극대화시켰다. 그녀는 팬들에게 영감을 줄 수 있는 다양한 동작을 소개하며, 챌린지를 재미있게 진행했다. "이 안무 정말 재미있어요! 여러분도 꼭 도전해 보세요." 그녀는 웃으며 카메라에 말했다.

주현은 오랜만에 인플루언서로서 직접 챌린지에 참여하기로 결심했다. 그는 평소보다 더 긴장되었지만, 동시에 설레는 마음을 감출 수 없었다. 촬영 준비를 마치고 카메라 앞에 서자, 오랜만에 느끼는 떨림과 함께 신선한 에너지가 솟아올랐다.

"여러분, 안녕하세요! 주현입니다. 오늘은 제가 'StellarMoves' 챌린지에 참여해 보려고 합니다. 많이 기대해 주세요!" 주현은 웃으며 카메라를 응시했다. 그의 마음속에서는 설렘과 기대가 교차하고 있었다. 오랜만에 인플루언서로서 팬들과 소통하는 순간을 상상하며, 그는 더 힘차게 안무를 시작했다.

그는 안무를 하나하나 따라 하며, 팬들이 쉽게 따라 할 수 있도록 자세히 설명했다. "이 동작은 이렇게, 다음은 이렇게…." 주현은 안무를 설명하면서도 자연스럽게 춤을 추었다. 촬영을 마친 후, 주현은 영상을 편집하면서 자신도 모르게 미소를 지었다. '역시 춤은 언제 춰도 즐겁네.' 그는 속으로 생각했다.

주현은 완성된 영상을 틱톡과 유튜브 쇼츠에 올리며 메시지를 남겼다. "여러분, 저도 'StellarMoves' 챌린지에 참여했어요! 여러분도 꼭 도전해 보세요. 함께 춤추면 더 즐거울 거예요!" 그는 영상을 올린 후, 팬들의 반응을 기다리며 설레는 마음을 느꼈다.

팬들은 주현의 참여에 놀라움과 기쁨을 표현하며 댓글을 남겼다. "와, 주현 씨도 참여하다니! 정말 멋져요!" "저도 도전해 볼게요! 주현 씨 덕분에 더 재미있을 것 같아요." 주현은 팬들의 반응을 보며 흐뭇한 미소를 지었다. 그는 다시 한번 인플루언서로서의 역할을 느끼며, 팬들과의 소통이 얼마나 중요한지 깨달았다.

이렇게 'StellarMoves' 챌린지는 주현의 참여로 더욱 활기를 띠었고, 전 세계적으로 많은 사람들이 참여하며 큰 인기를 끌었다. 주현은 앞으로도 팬들과 함께 새로운 도전을 이어 나갈 준비를 하며, 더 큰 목표를 향해 나아갈 다짐을 했다.

일주일 후, 주현은 인플루언서들의 채널에서 'StellarMoves' 챌린지의 반응을 모니터링했다. 조회수는 급격히 증가하고 있었고, 틱톡과 유튜브에서는 'StellarMoves' 해시태그가 트렌딩 중이었다.

틱톡에서 'StellarMoves' 해시태그를 검색해 보니, 이미 수십만 개의 영상이 올라와 있었다. 주현은 미소를 지으며 화면을 스크롤 했다. 각 영상에는 다양한 사람들이 춤을 추며 즐거워하는 모습이 가득했다.

주현은 노르딕 비트와의 화상회의에서 말했다. "챌린지가 정말 성공적이었어요. 틱톡에서는 'StellarMoves' 해시태그가 트렌딩 중이고, 이미 수십만 개의 영상이 올라왔어요. 유튜브에서도 조회수가 급격히 증가하고 있습니다."

엘리어스는 기뻐하며 대답했다. "정말 기쁜 소식이네요. 인플루언서와의 협업이 이렇게 큰 성과를 거둘 줄은 몰랐습니다. 감사합니다."

제이콥이 덧붙였다. "이번 협업을 통해 배운 점이 많습니다. 스포티파이에서도 곡의 스트리밍 수가 크게 증가했고, 글로벌 차트에 오르는 데도 큰 도움이 되었습니다." 제이콥의 목소리에는 자신감이 넘쳐났다.

엘리어스는 주현에게 감동을 담아 말했다. "주현이 인플루언서인 사실을 알고는 있었지만, 주현이 직접 참여한 챌린지 영상을 보고 더 큰 감동을 받았습니다. 당신의 열정과 노력 덕분에 이런 결과를 얻을 수 있었어요."

주현은 그 칭찬에 미소를 지으며 답했다. "감사합니다, 엘리어스. 저도 이번 프로젝트를 통해 많은 것을 배웠어요. 이번 경험을 바탕으로 더 많은 인플루언서들과 협업하며 새로운 프로젝트를 진행해 볼게요." 그의 목소리에는 열정과 결의가 담겨 있었다.

제이콥이 엘리어스와 주현을 보며 제안했다. "제안을 하나 하건대, 노르딕 비트의 모든 곡을 스톰 엔터테인먼트가 유통하고, 이 중에서 선택한 곡을 크리에이티브하이브가 글로벌 챌린지로 홍보하는 건 어떨까요? 이를 통한 음원 수익은 세 회사와 챌린지를 기획한 인플루언서가 나누는 방식으로 진행하면 좋을 것 같은데요." 그의 말에는 미래에 대한 큰 비전이 담겨 있었다.

엘리어스는 고개를 끄덕이며 동의했다. "좋은 생각이네요. 그렇게 하면 더 많은 곡들이 전 세계적으로 알려질 수 있을 것 같아요." 엘리어스는 새로운 기회에 대한 기대감으로 미소를 지었다.

주현도 미소 지으며 말했다. "저도 동의해요. 이렇게 협력하면 모두에게 이익이 될 거예요." 그는 팀워크의 힘을 느끼며 기뻐했다.

엘리어스가 덧붙였다. "이런 방식으로 계속해서 새로운 곡들을 소개할 수 있다면, 우리 모두에게 큰 기회가 될 것 같아요. 글로벌 시장에서 우리 음악이 더 많은 사람들에게 닿을 수 있을 테니까요." 그의 목소리에는 자신감과 열정이 가득했다.

제이콥은 미소 지으며 말했다. "그렇죠. 우리 모두가 협력하면 더 큰 성공을 이룰 수 있을 거예요." 그의 눈에는 확신이 빛나고 있었다.

회의가 끝난 후, 주현은 화면을 보며 다짐했다. '이제 더 큰

목표를 향해 나아가자. 우리가 함께라면 어떤 도전도 이겨낼 수 있을 거야.'

이렇게 주현과 그의 팀은 새로운 도전과 목표를 향해 계속해서 나아갔다. 그들의 노력은 팬들에게 더 큰 즐거움을 선사했고, 그들은 더 높은 무대를 향해 도전할 준비를 마쳤다. 주현의 가슴은 성취감과 앞으로의 도전에 대한 기대감으로 가득 차 있었다.

48

노르딕 비트와의 성공적인 협업 소식을 들은 루브르 사운드는 주현과 제이콥과 화상 미팅을 준비하고 있었다. AI 작곡 솔루션 도입과 그 활용 방안, 그리고 이를 통한 사업 모델에 대해 논의할 예정이었다.

화면이 켜지자, 루브르 사운드의 리더 뤽이 밝게 인사했다. "안녕하세요, 주현 씨, 제이콥 씨. 노르딕 비트와의 성공 소식을 들었습니다. 정말 인상적이었어요."

주현은 미소를 지으며 답했다. "감사합니다, 뤽. 저희도 이번 협업을 통해 많은 것을 배웠습니다. 오늘은 AI 작곡 솔루션을 어떻게 도입할지에 대해 논의해 볼까요?"

뤽이 고개를 끄덕이며 말했다. "네, 저희는 이미 여러 AI 작곡 솔루션을 사용해 본 경험이 있습니다. AI가 기본적인 곡을 생성하고, 저희 작곡가들이 그 곡을 다듬어서 사용하는 방식이 주를 이루었죠. 하지만 창의적인 곡을 만드는 데는 한계가 있었습니다."

제이콥이 동의하며 덧붙였다. "맞아요. AI는 기본적인 멜로디와 하모니 구조를 생성하는 데 매우 효율적이지만, 창의성과 감정적인 깊이는 인간 작곡가의 손길이 아직 필요합니다."

뤽은 흥미로운 표정으로 고개를 끄덕였다. "그렇다면, AI 작곡 솔루션을 도입함으로써 저희가 어떤 사업 모델을 적용할 수 있을까요?"

주현이 설명을 이어갔다. "우선, AI가 생성한 음악을 대량으로 생산하여 인플루언서와 크리에이터들이 BGM으로 사용할 수 있게 하는 BGM 서비스를 제공할 수 있습니다. 이는 유튜브, 틱톡, 인스타그램 같은 플랫폼에서 매우 유용할 것입니다. 또한, AI가 인플루언서가 업로드한 영상에 어울리는 BGM을 자동으로 매칭해 주는 기능도 차별화 요소로 꼽을 수 있습니다."

제이콥이 미소를 지으며 덧붙였다. "그리고, 루브르 사운드의 작곡가들이 AI가 만든 기본 곡을 다듬어서 창의적인 요소를 추가할 수 있습니다. 이를 통해 더 독창적이고 매력적인 곡을 만들 수 있을 것입니다."

뤽은 다시 한번 고개를 끄덕였다. "제 생각도 같습니다. 이렇게 AI가 제공하는 기본 아이디어를 바탕으로 다양한 변형을 시도할 수 있겠네요. 이를 통해 더 큰 시장을 공략할 수 있을 것 같아요."

주현은 새로운 아이디어를 떠올리며 말했다. "아이디어가 하나 있습니다. AI 작곡 솔루션을 활용해 루브르 사운드가 많은 곡을 생산하고, 이를 크리에이티브하이브가 운영하는 Adfluence 플랫폼에 실어 인플루언서와 크리에이터들이 손쉽게 사용할 수 있게 하는 것입니다. Adfluence는 이미 테크노바 인사이트와 함께 구축한 플랫폼이니, 루브르 사운드가 테크노바 인사이트와 협력해 AI 작곡 솔루션을 결합하면 더 큰 효용을 낼 수 있을 겁니다. 또한, Adfluence에 등록된 음원의 유통을 스톰 엔터테인먼트가 맡아 음원 수익을 추가적으로 창출하는 방안도 고려해 볼 수 있습니다."

뤽은 주현의 제안에 눈을 반짝이며 말했다. "정말 훌륭한 아이디어네요, 주현 씨. 당장 테크노바 인사이트와 협의해 보겠습니다."

제이콥도 동의하며 말했다. "저도 찬성합니다. 이렇게 협력하면 모든 당사자가 이익을 볼 수 있을 것입니다. 우리가 함께라면 어떤 도전도 이겨낼 수 있을 거예요."

회의가 끝나자, 모두는 서로에게 감사의 인사를 전하며 화면을 껐다. 주현은 마음속으로 새로운 도전과 목표를 향한 결의를 다졌다.

주현은 테크노바 인사이트와 협력을 위해 최지영 팀장과 이성훈 본부장에게 보고할 준비를 했다. 그는 자료를 정리하며 자신의 계획을 설명할 준비를 마쳤다.

회의실에서 최지영 팀장이 말했다. "주현 씨, 지난번에 이야기했던 AI 작곡 솔루션 도입과 관련된 새로운 아이디어를 공유해 주세요."

주현은 고개를 끄덕이며 설명을 시작했다. "네, 팀장님, 본부장님. 루브르 사운드와 협력하여 AI 작곡 솔루션을 활용한 새로운 음악 제작 방안을 제안드립니다. AI가 기본 곡을 생성하고, 이를 루브르 사운드의 작곡가들이 다듬어 완성하는 방식입니다. 이를 통해 생성된 곡들은 Adfluence 플랫폼에 등록되어 인플루언서와 크리에이터들이 손쉽게 사용할 수 있게 됩니다."

이성훈 본부장이 흥미롭게 물었다. "Adfluence와의 결합은 어떻게 이루어질 계획인가요?"

주현은 자료를 펼쳐 보이며 설명을 이어갔다. "Adfluence는 이미 테크노바 인사이트와 함께 구축한 플랫폼입니다. 따라서 루브르 사운드가 테크노바 인사이트와 협력하여 AI 작곡 솔루션을 활용하면 더욱 효율적인 음악 제작이 가능할 것입니다. AI가 생성하는 곡은 초안의 형태로 제작될 것이며, 루브르 사운드의 작곡가들이 이를 다듬어 최종 곡으로 완성하게 됩니다. 예를 들어, AI가 생성한 멜로디와 하모니를 바탕으로 작곡가들이 감정을 더해 곡을 풍부하게 만들 수 있습니다."

주현이 계속 설명했다. "이렇게 완성된 곡들은 1단계로 인플루언서와 크리에이터들이 영상을 제작할 때 BGM으로 사용할 수 있게 하고, AI를 통해 촬영본이나 기본 편집본에 어울리는 BGM을 추천합니다. 2단계에서는 인플루언서들이 직접 간단한 작곡을 할 수 있는 기능을 도입하여 창의성을 극대화할 계획입니다. 또한, Adfluence에 등록한 음원을 스톰 엔터테인먼트가 맡아 유튜브, 틱톡, 인스타그램 등에 유통해 크리에이터가 영상을 올릴 때 BGM으로 사용할 수도 있습니다. 물론, 이 경우엔 음원 수익을 추가적으로 얻을 수 있습니다."

최지영 팀장은 고개를 끄덕이며 말했다. "좋은 접근 방식이네요, 주현 씨. 이렇게 하면 더 많은 인플루언서와 크리에이터들이 우리의 음악을 사용할 수 있게 될 것입니다."

이성훈 본부장도 동의하며 말했다. "네, 주현 씨. 이 프로젝트는 기술적인 요소뿐만 아니라 사용성 측면에서도 매우 훌륭합니다. 또한, 사업적으로도 큰 잠재력을 가지고 있습니다. 이 프로젝트를 적극적으로 진행해 주시기 바랍니다."

주현은 자신감을 가지고 대답했다. "네, 본부장님, 팀장님. 최선을 다하겠습니다."

이렇게 주현과 그의 팀은 AI 작곡 솔루션을 활용한 새로운 음악 제작 방안을 구체화하며, 더 높은 목표를 향해 나아갔다. 그들의 노력은 인플루언서와 크리에이터들에게 더 많은 기회를 제공하고, 글로벌 시장에서의 경쟁력을 강화할 것이다.

49
—

루브르 사운드와 테크노바 인사이트가 공동 기획한 AI 작곡 솔루션 'Harmonix'가 마침내 개발 완료되었다. Harmonix는

Adfluence와의 연동을 고려하여 기획된 만큼, 개발 과정에서 여러 차례의 어려움과 몇몇 해프닝이 있었지만, 결국 성공적으로 완성되었다.

루브르 사운드가 Harmonix를 통해 만들어 낸 작곡 결과물들은 탁월했다. 장르와 스타일별로 기본적인 라인 외에도 크리에이티브한 곡들이 수두룩하게 포함되어 있었다. 초기 테스트에 참여한 크리에이터들은 Harmonix가 제공하는 방대한 음악 라이브러리에 놀라움을 감추지 못했다.

처음으로 Harmonix를 사용해 본 여행 크리에이터인 트래블킹은 감탄을 금치 못했다. "이렇게 다양한 곡을 한 곳에서 찾을 수 있다니 믿기지 않아요. 특히 영상에 어울리는 음악을 찾는 작업이 얼마나 고단한지 아시잖아요? 이제는 Harmonix가 다 알아서 추천해 주니 정말 수월해졌어요." 그는 자신의 최신 영상에 Harmonix가 추천한 BGM을 사용하며 팬들과 소통했다.

틱톡에서 활동하는 댄스 크리에이터인 레나는 Harmonix의 기능에 감탄했다. "우리가 찍은 영상에 딱 맞는 음악을 찾는 데 Harmonix가 큰 도움이 되었어요. 팬들도 이 변화를 바로 느낄 수 있을 거예요." 그녀는 말했다.

특히 게임 스트리머 섀도우게이머는 Harmonix를 사용한 후 큰 변화를 경험했다. "게임 하이라이트를 편집할 때 항상 음악 때문에 고민이 많았는데, 이제는 Harmonix가 영상 장면마다 알아서 추천해 주니까 너무 편해졌어요. 시청자들도 음악이 정말 좋다고 칭찬해 주고 있어요." 새도우게이머는 흥분을 감추지 못하며 말했다.

초기 테스트 결과, Harmonix는 크리에이터들에게 큰 호응을 얻으며 그들의 작업 효율을 크게 향상시켰다. 특히 영상에 어울리는 음악을 찾는 과정이 상당히 수월해지면서, 크리에이터들은 Harmonix에 대해 환호했다. 이 솔루션은 단순한 BGM 제공을 넘어, 영상의 분위기와 스타일에 딱 맞는 음악을 자동으로 추천해 주는 기능을 탑재하고 있어, 크리에이터들의 작업 효율성과 창의성을 동시에 높여주었다.

Harmonix에 대한 초기 반응을 리뷰하기 위해 루브르 사운드, 테크노바 인사이트, 크리에이티브하이브, 스톰 엔터테인먼트의 주요 멤버들이 화상회의에 모였다. 회의 진행은 테크노바 인사이트 김도훈 부사장이 맡았다.

김도훈 부사장이 밝게 인사하며 말했다. "다들 고생 많았습니다. 오늘은 Harmonix에 대한 초기 반응을 리뷰해 보는 자리를 마련했습니다. 모두의 노력이 어느 정도의 결실을 맺은 것을 보니 기쁩니다."

루브르 사운드의 리더 뤽이 고개를 끄덕이며 말을 이었다. "이번에 우리가 만든 Harmonix는 정말 놀라운 도구입니다. Harmonix는 기본적인 곡을 생성하는 데 있어서 매우 효율적이고 다채로운 결과물을 제공합니다. 특히, 다양한 장르와 스타일에 맞춰 곡을 생성할 수 있는 능력이 탁월했습니다."

뤽은 자료를 확인한 뒤 계속했다. "가장 뛰어난 점은 AI가 생성한 곡들을 우리의 작곡가들이 다듬어서 완성하는 과정에서 크리에이티브한 요소를 많이 추가할 수 있었다는 것입니다. Harmonix가 제공한 기본 아이디어는 충분히 흥미로웠고, 이를 바탕으로 작곡가들이 새로운 멜로디와 하모니를 더해 곡을 풍부하게 만들 수 있었습니다. 다만, AI가 생성한 일부 곡들은 여전히 예측 가능하다는 점에서 약간의 개선이 필요할 수도 있습니다."

김도훈 부사장이 고개를 끄덕이며 말했다. "그렇군요. Harmonix가 기존의 AI 작곡 솔루션보다 훨씬 더 발전된 모습을 보여준 것 같아 다행입니다. 개선이 필요한 부분에 대해서도 계속 피드백을 받아 발전시켜 나가도록 합시다."

이어 주현이 BGM 추천과 크리에이터들의 피드백을 리뷰했다. "크리에이터들이 Harmonix를 사용해 본 결과, 대부분이 긍정적인 반응을 보였습니다. 특히, 영상에 어울리는 BGM을 자동으로 추천해 주는 기능이 큰 호응을 얻었습니다. 크리에이터들은 영상 제작 과정에서 가장 번거로운 작업 중 하나가 적절한 음악을 찾는 것인데, 이 기능 덕분에 작업 효율이 크게 향상되었다고 합니다."

주현은 자료를 보며 덧붙였다. "예를 들어, 섀도우게이머는 자신의 유튜브 채널에 올릴 영상 편집 시 Harmonix가 각 장면마다 추천한 BGM 덕분에 많은 시간을 절약할 수 있었다고 했습니다. 그리고 다른 크리에이터들도 Harmonix가 제공하는 방대한 음악 라이브러리에 매우 만족하고 있습니다."

김도훈 부사장이 주현의 말을 듣고 말했다. "훌륭하군요. 크리에이터들이 만족하고 있다니 기쁘네요. 앞으로도 크리에이터들의 의견을 적극 반영해 더 나은 방향으로 발전시켜 나가도록 합시다."

제이콥 프로듀서가 외부 플랫폼 연동에 대한 리뷰를 이어갔다. "Harmonix에서 생성된 곡들은 Adfluence 플랫폼에 등록되어 손쉽게 인플루언서와 크리에이터들이 사용할 수 있도록 했습니다. 뿐만 아니라, Adfluence에 등록된 음원을 외부 플랫폼과 연계하여 유통하는 데도 문제가 없었습니다. 초기 테스트 결과, 대부분의 사용자가 만족스러워했고, 사용성도 매우 훌륭했습니다."

제이콥은 계속해서 말했다. "특히, 이번 협업을 통해 음원 수익도 추가적으로 창출할 수 있었습니다. 이는 Harmonix의 가능성을 더욱 넓혀주었고, 앞으로 더 많은 가능성을 탐구할 수 있게 해줄 것입니다."

김도훈 부사장은 회의를 마무리하며 말했다. "좋습니다. 모두가 Harmonix의 가능성을 높이 평가하고 있군요. 앞으로도 지속적인 개선과 발전을 통해 더욱 혁신적인 음악 제작 솔루션을 만들어 나갑시다."

화상회의가 종료되면서 참가자들이 하나둘씩 화면에서 사라졌다. 김도훈과 주현만이 남았다. 김도훈은 잠시 화면을 응시하다가 주현에게 말했다. "주현아, 이번 프로젝트 고생 많았다."

주현은 아버지의 말을 듣고 살짝 미소를 지었다. "아버지도 고생 많으셨어요."

잠시의 침묵이 흐른 후, 주현은 머뭇거리며 질문을 던졌다. "아버지… 파리 공연에 오셨죠?"

김도훈은 순간 흠칫 놀라며 주현을 바라보았다. 그는 잠시 머뭇거리다가 고개를 끄덕였다. "그래, 갔었다. 네가 무대에서 얼마나 열심히 하는지 직접 보고 싶었거든."

주현은 아버지의 솔직한 고백에 감정이 북받쳐 올랐다. 그는 깊은숨을 내쉬며 말했다. "그때 아버지를 봤다고 확신했어요. 엄격한 모습만 보였던 아버지가 제 공연을 보러 와주셔서 정말 고마웠어요."

김도훈은 따뜻한 미소를 지으며 말했다. "너의 노력이 자랑스러웠다. 주현아. 이제 우리, 서로 자주 대화하자."

주현은 눈시울이 붉어지며 고개를 끄덕였다. "네, 아버지. 저도 아버지와 더 많이 이야기 나누고 싶어요."

화면 속 두 사람은 오랜만에 진솔한 대화를 나누며, 조금씩 서로의 마음을 열기 시작했다.

50

햇살이 건물 안으로 스며들며 사무실을 밝게 비추고 있었다. 크리에이티브하이브 회의실에서는 정민호 대표와 이성훈 본부장이 진지한 표정으로 의견을 나누고 있었다.

"주현 씨의 성과는 정말 대단합니다." 이성훈 본부장이 말했다. "탁월한 기획력과 리더십 덕분에 인플루언서 마케팅에서 큰 성과를 거두었습니다. 특히, 입사 후 처음 진행했던 그린 글로우 캠페인을 성공적으로 이끌어 낸 것은 인상적이었습니다. 인플루언서 마케팅 캠페인은 물론, 대표님도 아시다시피 민재, 셰프준, 아리아나 룬을 발굴하고 현재와 같이 회사 내 새로운 사업 영역을 개척했습니다. 이제 노고를 인정할 때가 된 것 같습니다."

정민호 대표가 고개를 끄덕이며 답했다. "맞습니다. 김주현 씨는 우리 회사의 중요한 인재입니다. 그의 열정과 헌신을 높이 평가하며, 더 큰 역할을 맡길 준비가 되어 있다고 봅니다. 그리고 콘텐츠마케팅팀 전체 성과도 매우 인상적입니다. 팀 전체가 협력해서 이룬 성과를 높이 평가하고 싶습니다."

이성훈 본부장이 동의하며 덧붙였다. "맞습니다. 최지영 팀장, 이지안 대리, 박소희 씨를 비롯한 모든 팀원이 각자의 역할을 훌륭히 해내며 탁월한 성과를 보여주었습니다. 이 팀은 앞으로 더 큰 성장을 이룰 잠재력을 가지고 있습니다."

며칠 뒤, 크리에이티브하이브 콘텐츠마케팅팀 전원이 회의실에 모였다. 정민호 대표가 단상에 서서 발표를 시작했다. "여러분, 오늘은 중요한 발표를 하려고 합니다. 우리 회사는 그동안 마케팅 분야의 모든 영역에서 여러분의 노고 덕분에 놀라운 발전을 이뤄내고 있습니다. 뉴미디어와 소셜 미디어 산업의 성장에 맞춰, 특히 인플루언서 사업을 보다 강화하기 위해 인플루언서 사업팀을 신설하기로 했습니다."

참석한 팀원 모두가 놀라며 서로를 바라봤다. 정민호 대표가 계속해서 말했다. "김주현 씨를 신설된 인플루언서 사업팀의 팀장으로 승진 발령합니다. 그동안 보여준 리더십과 성과를 바탕으로 이번 역할을 맡게 되었습니다."

회의실에는 박수 소리와 함께 축하의 인사가 이어졌다. 주현은 놀란 표정으로 자리에서 일어나 단상으로 향했다. 그의 마음은 복잡한 감정들로 요동쳤다. 기쁨, 놀라움, 감사함, 그리고 감동. 그는 눈물을 감추려고 애썼지만, 이미 눈가가 촉촉해져 있었다. 동료들이 축하의 인사를 건네자, 그는 감동에 겨워 눈물을 흘렸다. 마음속 깊은 곳에서부터 벅찬 감정이 솟아올랐다.

정민호 대표는 미소를 지으며 이어서 말했다. "또한, 최지영 팀장, 이지안 대리, 박소희 씨도 그동안의 뛰어난 성과로 이번에 승진하였습니다. 여러분 모두 축하합니다."

최지영 팀장은 감격에 찬 목소리로 말했다. "정말 감사합니다. 팀원들의 협력 덕분에 이런 성과를 낼 수 있었어요. 앞으로도 더 열심히 하겠습니다."

이지안 대리는 눈시울이 붉어지며 말했다. "여러분 덕분에 여기까지 올 수 있었어요. 정말 고맙습니다."

박소희 씨는 눈물을 훔치며 말했다. "모두가 함께 노력한 결과입니다. 앞으로도 힘내서 더 좋은 성과를 내도록 하겠습니다."

팀원들은 서로 축하와 격려의 말을 전하며 기쁨을 나눴다. 주현은 눈물을 닦으며 말했다. "정말 감사합니다. 신입사원으로 첫 출근한 날부터 지금까지 많은 일을 경험했습니다. 여기 계신 많은 분들의 도움이 있었기에 모두 가능했습니다. 선배님 여러분, 모두 모두 감사합니다."

그는 깊은숨을 들이마시고 다짐했다. "앞으로도 더 큰 목표를 향해 나아가겠습니다. 우리 모두 함께라면 어떤 도전도 이겨낼 수 있을 것입니다. 여러분과 함께 더 나은 미래를 만들어 나가겠습니다."

정민호 대표와 이성훈 본부장이 다가와 그의 어깨를 두드리며 축하의 말을 전했다. "축하합니다, 김주현 팀장. 앞으로도 기대하겠습니다."

주현은 두 사람에게 고개를 숙여 감사의 인사를 전했다. "정말 감사합니다. 믿음에 보답하겠습니다."

바람이 창문을 스쳐 지나갔다. 김주현과 콘텐츠마케팅팀은 새로운 도전을 맞이할 준비를 마쳤다. 그들의 노력과 열정은 앞으로도 계속될 것이다. 창밖으로 비치는 저녁노을이 사무실을 붉게 물들였다. 크리에이티브하이브는 그 속에서 또 한 번의 도약을 꿈꾸며, 내일을 향해 조용히 발걸음을 내디뎠다.

작가의 말

안녕하세요, 권병민입니다.

   이 소설은 주인공 김주현과 다양한 인물들을 통해 인플루언서 세계의 다채로운 면을 조명하고자 했습니다. 겉으로는 화려해 보이는 인플루언서의 삶 뒤에는 치열한 경쟁, 끊임없는 압박, 실패와 도전이 함께 합니다. 주현과 그의 동료들이 겪는 기쁨과 슬픔, 성공과 좌절의 순간들이 독자 여러분의 마음에 깊이 와닿기를 바랍니다. 이 책을 통해, 인플루언서로서의 삶뿐만 아니라 회사에서의 다양한 경험을 통해 끊임없이 도전하고 성장하는 이들의 이야기가 여러분에게 새로운 영감과 용기를 주고, 여러분의 꿈과 희망이 다시금 불타오르기를 기대합니다.

   소설을 집필하면서, 콘텐츠와 음악 업계에서 쌓은 경험과 지식이 큰 역할을 했습니다. 업계에서 마주한 현실과 그 속의 이야기를 통해, 인플루언서와 등장인물들이 직면하는 다양한 상황과 감정을 사실적으로 그리기 위해 노력했습니다.

이 작품이 나오기까지 많은 분들의 도움이 있었습니다. 바른북스 여러분의 전폭적인 지원과 조언이 큰 힘이 되었습니다. 출판 과정에서 보여주신 세심한 배려와 열정에 깊은 감사를 드립니다. 언제나 저를 믿어주고 응원해 준 사랑하는 아내와 가족들에게도 진심으로 감사드립니다. 그들의 사랑과 격려가 없었다면 이 작품은 완성되지 못했을 것입니다.

무엇보다 이 책을 사랑해 주신 독자 여러분께 깊은 감사를 드립니다. 여러분의 관심과 사랑이 이 책을 더욱 빛나게 만들었습니다. 앞으로도 더 많은 이야기를 여러분과 함께 소통하며 나누기를 기대합니다.

2024년 여름, 서교동에서
권병민 올림

인플루언서

초판 1쇄 발행 2024. 9. 27.

지은이 권병민
펴낸이 김병호
펴낸곳 주식회사 바른북스

편집진행 박하연
디자인 김민지

등록 2019년 4월 3일 제2019-000040호
주소 서울시 성동구 연무장5길 9-16, 301호 (성수동2가, 블루스톤타워)
대표전화 070-7857-9719 | **경영지원** 02-3409-9719 | **팩스** 070-7610-9820

•바른북스는 여러분의 다양한 아이디어와 원고 투고를 설레는 마음으로 기다리고 있습니다.
이메일 barunbooks21@naver.com | **원고투고** barunbooks21@naver.com
홈페이지 www.barunbooks.com | **공식 블로그** blog.naver.com/barunbooks7
공식 포스트 post.naver.com/barunbooks7 | **페이스북** facebook.com/barunbooks7

ⓒ 권병민, 2024
ISBN 979-11-7263-159-8 03810

•파본이나 잘못된 책은 구입하신 곳에서 교환해드립니다.
•이 책은 저작권법에 따라 보호를 받는 저작물이므로 무단전재 및 복제를 금지하며,
 이 책 내용의 전부 및 일부를 이용하려면 반드시 저작권자와 도서출판 바른북스의 서면동의를 받아야 합니다.